KB123349

新寶島 신보물섬

일본 동남아시아 학술총서 **04**

新寶島

신보물섬

에도가와 란포 저 ｜ 유재진 역

보고사
BOGOSA

2017년 '한국-아세안 미래공동체 구상'을 중심으로 하는 한반도 '신남방정책' 발표와 다음해 정부의 신남방정책특별위원회 설치는 아세안(동남아시아 10개국)과 인도 지역의 급속한 경제적 성장과 미래의 잠재력을 염두에 둔 정책 아젠다였다. 물론 이러한 선언은 이 지역이 세계 경제의 성장엔진이자 블루오션으로 떠오르고 있다는 인식과 그 지정학적 중요성에 바탕을 둔 정책이며, 나아가 이 지역에서 상호 경쟁을 벌이고 있는 일본과 중국의 동남아시아 정책을 의식한 것이기도 하였다.

왜냐하면 일본과 중국도 오히려 한국보다 훨씬 앞서 다양한 형태의 '남방정책'을 추진하여 이들 지역에 대한 경제적, 정치적, 문화적 영향력을 확대해 왔기 때문이다. 태평양전쟁 기간 중 이른바 '대동아공영권' 구상을 통해 동남아시아 및 남태평양(남양) 지역을 침략하여 군정(軍政)을 실시하였던 일본은 패전 후 동남아시아 각국에 배상이라는 장치를 통해 오히려 금융, 산업, 상업 방면에 진출하여 패전국이면서도 이 지역에 대한 영향력을 확대해 왔다. 2018년을 기준으로 아세안 직접투자가 중국의 2배, 한국의 6배 이상을 차지하는 일본은 2013년 '일본-아세안 우호 협력을 위한 비전선언문', 2015년 '아세안 비전 2025'를 통해 이 지역 내 중국의 영향력을 견제하고 일본의 대외정책의 지지기반 확대와 경제협력을 확대하고 있다. 동남아시아 지역과

국경을 접하고 있는 중국은 2003년 아세안과 전략적 동반자 관계를 맺은 이후 정치안보와 경제, 사회문화 공동체 실현을 추진하고 2018년 '중국-아세안 전략적 동반자 관계 2030 비전'을 구체화하였으며 '일대일로' 전략을 통해 아세안에 대한 영향력을 강화하고 있다. 이와 같이 한·중·일 동아시아 3국은 아세안+3(한중일) 서미트를 비롯하여 이 지역과 협력을 하면서도 격렬한 경쟁을 통해 각각 동남아시아 지역에 정치적, 외교적, 경제적, 문화적 역량을 집중하고 있다.

동남아시아 지역의 중요성이 부각되고 한국의 신남방정책 추진에 즈음하여 2018년과 2019년에 정부 각부서와 국책연구소, 민간 경제연구소 등에서는 한국의 신남방정책 관련 보고서가 다량으로 간행되는 가운데, 2017년 한국 정부의 '신남방정책' 선언 이후 일본의 사례를 참조하여 그 시사점을 찾으려는 논문이 급증하고 있다. 나아가 근대기 이후 일본의 남양담론이나 '남진론(南進論)' 관련 연구, 그리고 일본과 동남아시아의 관계사나 경제적 관계, 외교 전략 관련 연구는 2000년대 이후 개시하여 2010년대에 이르러 활발하게 연구가 이루어지고 있다. 그럼에도 불구하고, 정작 한국 사회와 연구자가 필요로 하는 동남아시아에 관한 일본의 학술서나 논문, 보고서 등 자료의 조사와 수집은 물론 대표적인 학술서의 번역이 거의 이루어지지 않았다고 할 수 있다.

따라서 고려대 글로벌일본연구원에서는 근대기 이후 동아시아 국가 중에서 동남아시아 지역에 대해 가장 먼저 관심을 가지고 대외팽창주의를 수행하였던 일본의 동남아시아 관련 대표적 학술서를 지속적으로 간행하고자 '일본 동남아시아 학술총서'를 기획하게 되었다. 이에 고려대 글로벌일본연구원은 먼저 일본의 동남아시아 및 남태평양 지역과 연계된 대표적 학술서 7권을 선정하여 이를 8권으로 번역·간행하게 되었다.

제1권인 『남양(南洋)·남방의 일반개념과 우리들의 각오(南方の一般概念と吾人の覺悟)』(정병호 번역)는 남진론자(南進論者)로서 실제 동남아시아 지역에서 실업에 종사하였던 이노우에 마사지(井上雅二)가 1915년과 1942년에 발표한 서적이다. 이 두 책은 시기를 달리하지만, 동남아시아 지역의 역사와 문화, 풍토, 산업, 서양 각국의 동남아 지배사, 일본인의 활동, 남진론의 당위성 등을 상세하게 기술하였다. 제2권·제3권인 『남양대관(南洋大觀) 1·2』(이가현, 김보현 번역)는 일본의 중의원 의원이자 남양 지역 연구자였던 야마다 기이치(山田毅一)가 자신의 남양 체험을 바탕으로 1934년에 간행한 서적이다. 본서는 당시 남양 일대 13개 섬의 풍토, 언어, 주요 도시, 산업, 교통, 무역, 안보 및 일본인의 활동을 사진과 함께 상세하게 소개하고 있다. 이 책은 기존의 남양 관련 서적들과 달리 남양의 각 지역을 종합적으로 대관한 최초의 총합서라는 점에서 그 의의가 있다.

제4권 『신보물섬(新寶島)』(유재진 번역)은 탐정소설가 에도가와 란포(江戸川亂步)가 1940에서 41년에 걸쳐 월간지 『소년구락부(少年俱樂部)』에 연재한 모험소설이다. 이 소설은 남학생 세 명이 남태평양의 어느 섬에서 펼치는 모험소설로서 여러 역경과 고난을 이겨내고 마침내 용감하고 지혜로운 세 일본 소년이 황금향을 찾아낸다는 이야기인데, 이 당시의 '남양'에 대한 정책적, 국민적 관심이 일본 소년들에게도 미치고 있음을 잘 보여주고 있다. 제5권인 『남양의 민족과 문화(南洋の民族と文化)』(김효순 번역)는 이토 겐(井東憲)이 1941년 간행한 서적이다. 이 책은 태평양전쟁 당시, '대동아공영권' 구상을 뒷받

침하기 위해 일본과 남양의 아시아성을 통한 '민족적 유대'를 역설하고 있다. 방대한 자료를 통해 언어, 종교 등을 포함한 남양민족의 역사적 유래, 남양의 범위, 일본과 남양의 교류, 중국과 남양의 관계, 서구 제국의 아시아 침략사를 정리하여, 남양민족의 전체상을 입체적으로 그려내고 있다.

제6권인『남양민족지(南洋民族誌)』(송완범 번역)는 일본의 평론가이자 전기 작가인 사와다 겐(澤田謙)이 1942년에 간행한 서적이다. 이 책은 당시 일본인들의 관심 사항인 남양 지역의 여러 문제를 일반 대중들에게 쉬운 문체로 평이하게 전달하려고 한 책인데, 특히 '라디오신서'로서 남양을 '제국일본'의 병참기지로 보는 국가 정책을 보통의 일본 국민들에게 간결하고 평이하게 전달하고 있다. 제7권인『나카지마 아쓰시(中島敦)의 남양 소설집』(엄인경 번역)은 1942년에 간행한 남양 관련 중단편 10편을 묶어 번역한 소설집이다. 나카지마 아쓰시가 남양 관련 작품을 창작하고 발표한 시기는 태평양전쟁의 확산 시기와 겹친다. 스코틀랜드 출신 소설가 R.L.스티븐슨의 사모아를 중심으로 한 폴리네시아에서의 만년의 삶을 재구성하거나, 작가 자신의 팔라우 등 미크로네시아 체험을 살려 쓴 남양 소설들을 통해 반전 의식과 남태평양 원주민들을 바라보는 독특한 시선을 느낄 수 있다.

제8권인『남방 제지역용 일본문법교본 학습지도서(南方諸地域用日本文法教本學習指導書)』(채성식 번역)는 태평양전쟁의 막바지인 1945년에 남방지역에 대한 일본어교육 및 정책을 주관한 문부성이 간행한 일본어 문법 지도서이다. 언어 유형론적으로 일본어와 다른 언어체계를 가진 남방지역의 원주민을 대상으로 당시 일본어교육 현장에서 어떠한 교수법과 교재가 채택되었는지를 본서를 통해 엿볼 수 있다.

　이들 번역서는 메이지(明治)시대 이후 남양으로 인식된 이 지역에 대한 관심과 대외팽창주의를 잘 보여주고 있으며, 이 지역의 역사, 문화, 풍토, 산업, 서양과의 관계, 남진론 주장, 언어 교육, 일본인들의 활동, 지리 등을 잘 보여주고 있다. 이 '일본 동남아시아 학술총서'는 메이지 유신 이후 동아시아의 근대화를 주도하고 주변국의 식민지배와 세계대전, 패전이라는 굴곡을 거치고도 여전히 동아시아에 막대한 영향력과 주도권을 행사하는 일본이 지난 세기 일본이 축적한 동남아시아에 대해 학지를 올바로 파악하는 데 도움을 줄 것으로 생각한다. 또한 다양한 분야에 본 총서가 기초자료로 활용함으로써 동남아시아 관련 후속 연구를 가능하게 할 것으로 기대하며, 이를 통해 신남방 시대의 학술적 교두보를 구축하는 데에 도움이 되기를 기대하는 바이다.

　특히 어려운 환경에도 불구하고 이 총서간행을 기꺼이 맡아주신 도서출판 보고사의 김흥국 사장님과 꼼꼼한 편집을 해 주신 박현정 편집장을 비롯한 편집팀에게 감사한 마음을 전하고 싶다.

2021년 2월
고려대 글로벌일본연구원
〈일본 동남아시아 학술총서〉 간행위원회

일러두기

1. 「신보물섬」은 1940년 4월부터 1941년 3월까지 월간지 『소년구락부(少年俱楽部)』에 연재되었다. 이 번역서는 2004년 1월 고분샤(光文社)에서 간행한 『에도가와 란포 전집 제14집 신보물섬(江戶川乱歩全集第14集 新宝島)』을 저본으로 하였다.

2. 현대어 번역을 원칙으로 하나, 오늘날에는 사용하지 않는 일부 차별적 표현에 있어 시대적 배경을 고려하여 당대의 용어와 표기를 사용하기도 했다.

3. 인명, 지명 등과 같은 고유명사는 초출시 ( ) 안에 원문을 표기하였고 일본 이외 지역의 지명은 ( ) 안에 영문을 표기하였다.

4. 고유명사의 우리말 발음은 〈대한민국 외래어 표기법〉(문교부고시 제85-11호) '일본어의 가나와 한글 대조표'를 따랐다.

5. 각주는 역자주이며, 미주는 히라야마 유이치(平山雄一)가 작성한 저본의 주석을 번역한 것이다.

차례

간행사 … 5

일러두기 … 10

서문 … 13

이상한 범선 ……………………………………… 17

어둠 속의 줄타기 ……………………………… 24

보트 속의 세 명 ………………………………… 34

사느냐 죽느냐 …………………………………… 39

야자수 열매 ……………………………………… 47

사슴과 앵무새 …………………………………… 57

사람이 없는 나라 ……………………………… 62

난파선 …………………………………………… 72

불과 물 …………………………………………… 77

일장기 …………………………………………… 82

데쓰오 군의 두 번째 공로 ……………………… 88

야마토섬의 주민 ··· 96

땅속의 목소리 ··· 103

동굴의 괴인 ·· 110

황금 나라 ··· 119

마의 호수 ··· 127

뽀빠이의 최후 ··· 134

지옥으로의 여행 ··· 140

불기둥 ··· 148

대 암흑 ··· 154

별이다! 별이다! ··· 161

악어 ··· 168

꿈의 나라 ··· 175

황금 궁전 ··· 180

만약 개선의 날이 오면 ··· 187

옮긴이의 말 ··· 193

서문

이 이야기는 대동아 전쟁[1]이 발발하기 이전인 1940년도에 집필한 것이지만, 당시 남방 제도[2]에 대한 우리의 관심은 이미 나날이 높아져 갔기에 그런 기분이 이야기의 무대를 남양[3]으로 고른 것 같다. 그리고 당시는 아직 대미무역이 이루어졌던 시기라 짧은 시일 안에 가능한 많은 물자를 미국으로부터 수입해 놓지 않으면 안 될 사정이 있어서 정부는 수출입 결산액 결제에 필요한 금을 확보하려고 백방으로 힘쓰고 있었다. 이런 상황이 일본 소년들에게 황금향[4] 발견이라는 공상을 꾸게 했고 이 이야기에도 반영된 것 같다. 하지만 이

----

1 대동아 전쟁이란 일본과 미국을 주축으로 한 영국, 네덜란드, 소련, 중화민국 등의 연합국 사이에서 벌어진 태평양 전쟁에 대한 일본 정부의 호칭이다. 1941년 12월 8일, 일본이 하와이 진주만을 공격하여 시작한 이 전쟁은 1942년 6월의 미드웨이 해전에서 미국이 승세를 잡은 뒤 1945년 8월, 미국이 히로시마(広島)와 나가사키(長崎)에 원자 폭탄을 투하함으로써 일본이 항복하여 종결되었다.
2 남방 제도란 어느 지역을 중심으로 봤을 때, 남쪽에 있는 제도를 가리키는 명칭이다. 일본의 경우 일본 열도의 남쪽에 위치한 이즈(伊豆) 제도, 오가사와라(小笠原) 제도 등을 가리킨다.
3 남양이란 태평양의 적도를 경계로 하여 그 남북에 걸쳐 있는 지역을 통틀어 이르는 말. 마리아나, 마셜, 캐롤라인 따위의 군도와 필리핀 제도, 보르네오섬, 수마트라섬 따위를 포함한다.
4 황금향(黃金鄕)은 황금이 지천으로 널린 곳이란 뜻이다.

이야기의 주안은 오히려 이야기 전반부 세 소년이 해양과 무인도에
서 펼치는 모험 생활에 있다. 계속해서 닥쳐오는 역경을 소년의 지혜
와 생각으로 하나씩 하나씩 극복해가는 백절불굴[5]의 정신에 있다.
그런 점에서 이 이야기가 조금이라도 어린 독자들의 정신을 고무시
킬 수 있다면 작가로서 이보다 더 바랄 게 없다.

....

5 백절불굴(百折不屈)이란 백 번 꺾여도 굴하지 않는다는 뜻으로, 어떤 어려움에도 굽
   히지 않는다는 의미이다.

신보물섬

이상한 범선

어느 여름방학 때 일입니다.

초등학교 6학년생인 고토노 이치로(琴野一郎), 마에다 다모쓰(前田保), 니시가와 데쓰오(西川哲雄)라는 세 명의 소년이 있었습니다.

소년들은 모두 도쿄(東京) 시바(芝)구에 살았습니다. 아버지들끼리도 사이가 좋아서 친척보다 더 자주 왕래하는 사이였습니다.

어느 날 세 소년은 고토노 군의 아버지와 함께 규슈(九州)의 나가사키(長崎)시로 여행을 갔습니다. 세 명 모두 1학기 시험 성적이 전보다 잘 나온 덕분이었습니다. 마침 고토노 군의 아버지가 나가사키에 계신 친척 집에 용무가 있어 여행을 가시는 김에 포상으로 겸사겸사 세 소년을 나가사키에 데리고 가신 겁니다.

나가사키에는 일본에서 제일 먼저 개항한 항구가 있습니다. 외국과 무역 거래를 하는 항구여서 국사나 지리 시간에 여러 가지 재미있는 이야기를 들었던지라 소년들은 아주 신이 났습니다.

나가사키에 도착한 세 소년은 고토노 군의 친척 집에 머물렀습니다. 소년들은 고토노 군의 작은아버지 안내로 매일같이 시내를 구경하며 돌아다녔습니다. 시내에는 도쿄에서 볼 수 없었던 낡은 서양식

건물이나 지나인*의 집이 늘어서 있었습니다. 길에는 셀 수 없을
정도로 많은 서양인과 지나인이 걸어 다녔고 시내와 바로 이어진
항구는 지나나 대만에 가는 커다란 기선들로 붐볐습니다. 네덜란드
인이 살던 옛 주택의 흔적이나 아주 오래된 기독교 교회당, 지나인
이 세운 이상한 모양의 사원 등 여기저기 신기한 것들뿐이었습니다.
마치 외국에라도 와 있는 듯한 기분이었습니다.

나가사키에 도착한 지 오 일째 되던 날의 일입니다. 저녁 무렵이
되자 소년들은 셋이서 산책하러 나갔습니다. 시내 구경은 대충 다
끝냈으니 가까운 데라면 아이들끼리 놀러 가도 괜찮다는 허락을 받
았기 때문입니다. 소년들의 발걸음은 자연스럽게 바닷가에 있는 부
두로 향했습니다. 세 명 모두 그 정도로 배를 좋아했습니다. 넓은
부두에 측면을 대고 정박한 크고 작은 여러 종류의 기선이 왠지 모
르게 그리워서 어쩔 수 없었습니다.

고풍스러운 서양식 건물이 늘어서 있는 동네 옆에는 기차역 같은
건물이 있습니다. 대합실에는 대만이나 지나의 상하이 등으로 여행
가는 사람들이 여럿이 모여서 왁자지껄 바다 너머에 있는 신기한
마을 이야기를 하고 있습니다. 대합실을 지나 밖으로 나가자마자
새파랗고 넓은 바다가 보였습니다. 해안가에는 콘크리트로 만든 하
얀 길이 저 멀리까지 죽 이어졌고 거기에 검은색, 노란색 혹은 여러
가지 모양의 배가 측면으로 정박해 있었습니다. 그 옆을 해에 그을

....

* 1945년 이전까지 일본에서는 중국을 지나(支那)라고 불렀고 패전 이후에는 차별어로
  인식되어 사용하지 않는다.

린 선원이나 수부*들이 왔다 갔다 하고 있었습니다.

원래는 관계자가 아닌 사람이 부두에 나가서는 안 되지만, 셋은 아직 어렸기 때문인지 그런 줄도 모르고 어느샌가 커다란 기선이 정박해 있는 하얀 길로 나가 걷고 있었습니다.

바다 냄새, 기선의 페인트 냄새, 석탄 연기 냄새 등이 섞여서 정말 이지 항구다운 냄새가 주변에 가득했습니다. 온통 새까맣고 물에 가까운 곳만 빨갛게 칠해져 있는, 높은 벽 같은 기선의 옆구리. 그 앞을 해군 장교처럼 금색 휘장이 달린 모자를 쓴 선원이 커다란 파이프를 물고 걸어가거나 팔뚝에 문신을 새긴 서양인 수부가 하얀 수부 모자를 옆으로 비스듬히 쓴 채로 이상한 노래를 부르면서 지나 갔습니다. 소년들은 이런저런 경치 모두가 너무 반가워 어쩔 줄 몰랐습니다.

지나를 왕래하는 삼천 톤이나 되는 검은 배 옆에는 그 반 정도 크기의 외국 화물선처럼 보이는 샛노란 배가 측면으로 정박해 있습니다. 배를 올려다보니 높은 갑판 끝에 서양인 수부 한 명이 앉아 다리를 흔들거리며 담배를 피우다가 밑을 지나가는 세 소년을 보고 휙 하고 경례를 하고는 방긋 웃어주었습니다. 소년들도 얼떨결에 손을 들고 웃으면서 그에게 대답했습니다. 이런 인사가 그들의 기분을 한층 더 신나게 했습니다.

집에 돌아가야 한다는 생각은 이미 잊은 지 오래였습니다. 하얀

* 수부(水夫)란 배에서 허드렛일을 맡아 하는 하급 선원이나 배에서 일하는 사람을 가리킨다.

길을 따라 정처 없이 걷다 보니 노랑 기선 옆에 그것보다도 조금 더 작은 검은 화물선이 있고 그 옆에는 이제껏 본 배보다 훨씬 작은 신기한 모양의 범선이 옆으로 정박해 있었습니다.

돛은 모두 내렸습니다만 돛의 활대가 여러 개 붙어 있는 돛대가 세 개 서 있습니다. 맨 꼭대기에는 수많은 밧줄이 거미줄처럼 뻗어 있었고 밧줄 사다리 같은 것도 걸려있습니다. 그리고 범선인 주제에 배 한가운데에는 가느다란 굴뚝 하나가 불쑥 튀어나와 있기도 했습니다. 바람이 없을 때 증기기관으로 달리는 보조 기관이 달린 범선인가 봅니다.

"이야, 멋있다. 트라팔가르(Trafalgar) 해전[1] 그림에 나오는 배 같아."

"응, 정말 그러네. 언젠가 본 상선학교의 연습 배도 이런 모양이었어."

"우와 이것 봐. 이것 봐. 무시무시한 괴물이 있어."

"어디? 어디?"

"뱃머리에. 뱃머리 장식."

정말로, 이 범선의 뱃머리에는 인간인지 동물인지 알 수 없는 기묘한 모습의 장식이 붙어 있었습니다. 뿔난 머리에 동그란 눈, 귀까지 찢어진 입. 그러면서도 인간 같은 모습을 한 괴물의 반신상[2]이었습니다.

셋은 그 신기한 조각상에 푹 빠져서 시간 가는 줄 모르고 서 있었습니다. 그러자 수부 한 명이 생긋생긋 웃으면서 소년들에게 다가와 말을 걸었습니다.

"저거 말이니? 저건 이 배의 마스코트야. 이 배는 저 녀석이 저렇게 눈을 부리부리 뜨고 있는 동안은 절대로 가라앉지 않을 거야."

서른네다섯 살 정도로 보이는 친절한 수부는 줄무늬가 쳐진 얇은 셔츠에 하얀 바지를 입고 있었습니다.

"아저씨, 이 배 타시는 분이세요?"

"그럼. 아저씨가 이래 봬도 이 배의 수부장*이란다. 이 배에 관한 거라면 선장보다도 내가 더 잘 안다고."

"그럼 이 배는 일본 배군요."

"그렇고말고. 당연히 일본 배지."

수부장이라고 자칭한 남자는 눈을 가늘게 뜬 채 이상하리만치 힘을 주어 대답했습니다.

"이제부터 어디로 갈 건데요?"

"남양이야. 남양 무역을 하고 있단다."

"저기, 아저씨, 이 배 안도 다른 기선하고 똑같나요?"

"응, 그렇지. 하지만 조금 다른 데도 있어. 무엇보다 요즘에는 보기 드문 3장 스쿠너³니까. 너희들이 들어보지도 못한 묘한 것도 몇 군데 있지."

아저씨의 말을 듣고 나니 셋 다 배 안이 너무나도 보고 싶어졌습니다.

"저기, 아저씨, 저희한테 배 안 좀 보여주시면 안 돼요? 조금이면 돼요. 네? 아저씨."

....
* 수부장(水夫長)이란 일등 항해사의 지시에 따라 갑판원을 지휘하여 갑판 작업을 책임지는 직위에 있는 사람을 가리킨다.

"와하하. 그럴 줄 알았다. 응. 그래, 그래. 보여줄게. 자, 아저씨를 따라 들어오렴."

배 옆구리에 있는 네모난 선창 입구가 열리자 부두에 걸쳐 놓은 두꺼운 널빤지가 보였습니다. 수부장은 앞장서서 널빤지를 건너 어두컴컴한 배 속으로 들어가 버렸습니다. 세 소년은 위아래로 흔들거리는 널빤지를 밟으며 그 뒤를 곧장 따랐습니다.

수부장은 좁고 가파른 계단을 올라 상갑판으로 나와서 이것저것 신기한 도구들을 보여주었습니다. 그런 다음 셋을 데리고 또 다른 좁은 계단을 내려가 작은 선실로 들어갔습니다.

"아직 여러 가지로 보여주고 싶은 것이 있지만, 여기서 잠깐 담배 좀 피우고 가자. 여기가 내 방이야. 어때? 귀여운 방이지. 그런데 너희들 목마르지 않니? 커피를 한 잔씩 대접할게. 잠깐 기다리고 있어."

수부장은 소년들이 아무 대답도 하지 않았는데 혼자 떠들다 허둥지둥 어디론가 나가버렸습니다. 그리고 얼마 안 있어 은색 쟁반에 커피가 든 찻잔 네 개를 들고 돌아왔습니다.

"사양하지 말고 마시거라. 배에서 마시는 커피는 아주 맛있단다."

소년들은 수부장이 권하는 대로 커피를 받아들고 쭉 들이켰습니다. 보통 커피보다 쓴 것 같았지만 목이 말랐기 때문에 한 모금도 남기지 않고 전부 마셔버렸습니다.

"하하하, 모두 잘 마시네. 한 번에 다 마셔버렸구나. 조금만 더 여기서 쉬고 있어. 이제부터 재미있는 걸 보여줄게."

수부장은 의미심장한 말을 하고는 묘하게 씩 웃었습니다. 그리고는 소년들을 빤히 쳐다보는 겁니다.

세 소년은 작은 나무 의자에 앉아서 수부장을 보고 있었는데, 히쭉히쭉 웃고 있는 수부장의 얼굴이 갑자기 멀게 느껴졌습니다. 그리고 주위가 안개라도 낀 것처럼 흐릿해지더니 점점 어두워집니다. 땅속으로 꺼질 것 같더니 그 뒤로는 뭐가 뭔지 전혀 알 수 없게 되었습니다.

소년들은 모두 잠들어 버렸습니다. 처음에는 의자에 앉은 채로 꾸벅꾸벅 졸더니 하나둘씩 의자에서 미끄러져 바닥 위에 벌러덩 누워 코까지 골기 시작한 겁니다.

"흐흐흐, 잘 됐어. 수면제의 효력이 무섭군. 식량을 싣는 김에 이렇게 귀여운 아이들을 셋이나 얻다니. 나쁘지 않은 수확이야. 이걸로 돈을 또 벌겠어."

자칭 수부장이라는 남자는 이런 끔찍한 말을 중얼거리면서 기분 나쁘게 히쭉히쭉 웃고는 조용히 방을 나가 문을 닫고 철커덩 열쇠를 걸어 잠가 버렸습니다.

[원주]

1 1796년서부터 1815년까지 나폴레옹 전쟁 중에 치러진 해전. 1805년 10월 21일, 이베리아(Iberia)반도 남서부의 트라팔가르곶 앞바다에서 넬슨(Horatio Nelson: 1758~1805) 제독이 이끄는 영국함대가 빌뇌브(Pierre Villeneuve: 1763-1806) 제독이 지휘한 프랑스·스페인 연합함대를 격파하고 나폴레옹의 영국 본토 상륙의 야망을 꺾었다. 이때 전사한 넬슨 제독을 찬양하여 런던(London)에 트라팔가르 공원이 세워졌다.

2 서양에서는 바이킹(Viking) 시대서부터 뱃머리 등에 조각상을 장식하여 배의 수호신으로 삼는 풍습이 있다.

3 3장 스쿠너(schooner)란 세 개의 마스트에 모두 횡풍(橫風)이나 역풍 때의 항해에 적합한 세로돛을 단 속도가 빠른 범선이다.

어둠 속의 줄타기

고토노 이치로 군은 설명할 수 없을 정도로 무서운 꿈을 꾸고 있었습니다. 꿈의 마지막 부분에서는 범선의 뱃머리에 붙어 있던 목각으로 만든 괴물이 귀까지 찢어진 입을 쫙 벌리고 깜깜한 곳에 혼자서 있는 이치로 군에게 달려들었습니다. 괴물이 어깨를 덥석 물었기 때문에 이치로 군은 "앗" 하고 소리쳤습니다. 그 순간 눈을 뜨고는 꿈인 걸 깨달았지만 괴물이 물었던 부분을 실제로 누군가가 잡고 있지 않겠습니까! '이상하다'라고 생각하면서 올려다보니 바로 머리 위에 무섭게 생긴 사람이 쭈그리고 앉아서 이치로 군의 얼굴을 들여다보고 있었습니다.

얼굴이 수염으로 뒤덮인 덩치가 커다란 남자는 파란 비단 윗도리와 같은 비단으로 만든 헐렁헐렁한 바지를 입고 있었습니다. 그는 마치 5월 단옷날 올리는 깃발에 그려진 종규*처럼 무시무시하게 생겼습니다. 그 큰 남자가 사자가 포효하는 듯한 목소리로 말하고 있

....

* 종규(鐘馗)란 마귀를 쫓아낸다는 중국의 귀신으로 일본에서는 액막이로 5월 단오절에 인형으로 장식하거나 깃발에 그려 지붕 위에 장식한다.

는데 무슨 말을 하고 있는지 도통 모르겠습니다. 일본어가 아닌 겁니다.

"와하하. 어이어이, 양아치들아, 뭘 그렇게 두리번거리는 거야. 이분은 이 배의 선장님이셔. 너희들이 귀엽게 생겼다고 칭찬하신 거라고."

익숙한 목소리에 놀라 소리 나는 쪽을 쳐다보니 아까 만났던 수부장이라는 남자가 방 입구에 서서 아주 재미있다는 듯이 웃고 있는 겁니다.

'여기는 세 개의 돛대가 있던 범선의 선실이구나.'라는 것을 겨우 깨닫고 뒤를 돌아보았습니다. 마에다 군과 니시가와 군, 나머지 두 소년도 방금 눈을 뜬 것처럼 멍한 얼굴로 구석에 웅크리고 있습니다.

이상하게 방이 어두컴컴했는데 아마 벌써 밤이 되었나 봅니다. 한쪽 벽에 걸려있는 묘한 모양의 석유램프가 불그스름한 빛을 내뿜으며 흔들흔들 좌우로 흔들리고 있습니다.

"저희가 자고 있었나요? 이상하네. 어째서지? 하지만, 더 늦기 전에 돌아가야 해요. 자, 다모쓰 군, 데쓰오 군, 빨리 돌아가자."

이치로 군이 비틀비틀 일어서며 말하자 수염이 덥수룩한 덩치 큰 남자와 수부장은 동시에 껄껄대며 웃기 시작했습니다.

"와하하. 돌아가다니. 어디로? 바닷속으로?"

"네? 바닷속이라니요?"

이치로 군은 섬뜩한 느낌이 들어 그만 되물었습니다.

"하하하, 아직도 모르겠냐? 지금 이 배는 넓고 넓은 바다를 달리고 있다고."

세 소년은 그 말을 듣고 깜짝 놀라 서로 얼굴을 마주 보았습니다. 과연 그렇군요. 그러고 보니 아까부터 엘리베이터를 타고 있는 것처럼 밑으로 쓱 내려가다가도 위로 두둥실 끌어올려 지는 듯한 느낌이 들었는데 정말로 배가 파도를 넘어가며 앞으로 나아가고 있다는 증거겠지요. 귀를 기울이면 철썩철썩하고 뱃전을 때리는 엄청난 파도 소리도 들려옵니다. 벽의 램프가 심하게 흔들리고 있던 이유도 이젠 알았습니다.

"아저씨, 왜요? 왜 배를 출항시키셨어요? 저희는 어떡하라고요?"
이치로 군은 얼굴이 새빨개져 두 어른을 째려봤습니다.

"하하하, 인제 와서 아무리 소리 질러도 울어도 아무 소용 없어. 너희들은 오늘부터 이 배의 사환이 된 거야. 주방장을 도와서 설거지를 하거나 음식을 날라야 해. 어이, 그쪽에 가장 작고 귀여운 애. 너는 선장님 방의 사환 일을 시키겠다고 하신다. 감사하게 생각해라."

"싫어요. 저희는 도쿄의 초등학생입니다. 사환 같은 건 되고 싶지 않아요. 어서 배를 돌려주세요."

"하하하, 이야, 대단한데. 너 꽤 지기 싫어하는 꼬마 녀석이구나. 하지만 이제 도쿄에는 두 번 다시 돌아갈 수가 없단다. 지나에는 너희 나이 정도 되는 아이들을 사고 싶어 하는 두목들이 꽤 많거든. 그분들은 아이들을 훌륭한 도둑이나 곡예사로 키워주시지. 잠시 이 배에서 일하고 난 뒤에 너희는 그 두목들에게 팔려 갈 거야. 양아치라도 우습게 볼 게 아니라고. 너흰 꽤 좋은 가격으로 팔릴 테니."

수부장은 아주 얄밉게 말하고는 수염 선장과 얼굴을 마주 본 후 또다시 낄낄대며 웃었습니다. 일본인이 해적질 같은 걸 할 리가 없습니다. 지나인입니다. 수염 선장이라고 하는 자는 무리의 대장이고 이 배에는 총 삼십 명 정도가 타고 있습니다. 이들 모두 지나인입니다. 수부장이라고 자기를 소개한 남자도 실은 지나인이지만 어릴 적 일본에서 자라 지나인인지 모를 정도로 일본어를 잘하기 때문에 소년들은 그의 유창한 일본어에 그만 속고 말았던 겁니다.

이 해적선은 남지나해에서 네덜란드령인 동인도제도나 남양의 섬들을 오가면서 도둑질을 일삼았습니다. 자기보다 작고 속력이 떨어지는 배를 보면 덤벼들어서 승객의 물건이나 짐을 빼앗아 자바 (Java)나 보르네오(Borneo)의 밀매업자들에게 몽땅 팔아넘겨 어마어마한 돈을 벌었습니다.

거친 일을 하는 배였기 때문에 꽤 많은 무기를 소지하고 있었습니다. 선원들은 권총과 청룡도*를 모두 한 자루씩 갖고 있을 뿐 아니라 배 바닥에는 기관총도 두 자루나 숨기고 여차하면 그것을 갑판으로 가지고 올라와 상대방 배를 향해서 막 쏘기도 했습니다. 사람의 목숨을 빼앗는 것 정도는 아무렇지도 않게 생각하는 악마 같은 악당들입니다.

소년들은 들어가서는 안 되는 부두를 어슬렁거렸기 때문에 생각지도 못한 끔찍한 운명에 빠지고 말았습니다. 그로부터 한 달 동안, 낮에는 도깨비 같은 놈들에게 시달리고 밤에는 어머니 아버지 생각

....

* 청룡도(靑龍刀)란 옛날 중국에서 보병이나 기병들이 육전, 수전에서 사용했던 칼로 날이 반달 모양이며, 칼등 중간에 딴 갈래가 있어 이중의 상모를 달도록 구멍이 나 있고 밑은 용의 아가리를 물린 칼을 가리킨다.

에 베개를 적시면서 이루 말할 수 없는, 서러우면서도 무서운 밤낮을 보내고 있었습니다.

어떤 날은 태풍이 와서 작은 산만한 파도가 갑판을 덮쳐 드디어 죽는구나, 하고 셋이 서로 부둥켜안은 채로 도쿄에 계신 어머니 이름만 소리 질러 부른 적도 있습니다. 또 어떤 날은 해적선이 작은 기선을 추격한 뒤 기관총으로 협박하고는 상대방 기선으로 올라타 청룡도를 거칠고 난폭하게 휘두른 후, 선원들을 모조리 끈으로 묶어버리고 짐을 이쪽 배로 척척 옮기는, 전쟁을 방불케 할 정도로 피비린내 나는 장면을 본 적도 있습니다.

그때의 두려움, 그 섬찟함, 이런 일들을 자세하게 쓰기 시작하면 그것만으로도 책 한 권이 나올 정도입니다만, 아쉽게도 지금은 그런 것을 쓰고 있을 여유가 없습니다. 왜냐하면, 불쌍한 세 소년은 해적선에서 일어난 일보다 더 신기하고 끔찍한, 영혼도 몸에서 빠져나가 버릴 것만 같은 경험을 앞으로 해야 했기 때문입니다. 그리고 세상에 둘도 없는 이 신기한 모험담을 이야기해주는 게 이 책의 목적이기 때문입니다.

소년들은 해적선의 포로가 된 다음부터 이 배가 어딘가의 항구에 기항하는 것을 한 가닥 희망으로 품고 있었습니다. 그러나 도적들도 만만한 사람들이 아니어서 배가 항구에 가까이 갈 때면 처음처럼 소년들에게 수면제를 먹여 작은 방에 집어넣은 뒤 열쇠를 걸어 잠가버렸습니다. 그리고 용무를 마치고 배가 항구를 떠날 때까지 결코 밖으로 나가지 못하게 했습니다.

구조를 요청할 희망은 완전히 끊기고 말았습니다. 이제 해적선을 벗어나기 위해서는 바다로 뛰어들 수밖에 없습니다. 소년들은 바다나 배를 좋아하는 만큼 수영도 잘했지만, 항구에서 먼 거친 바닷속으로 뛰어들어서 어떻게 헤엄쳐 오겠습니까. 그런 짓을 하면 그저 물고기 밥이 될 뿐입니다.

소년들은 어떻게 해서든 해적선에서 도망가고 싶었기 때문에, 낮이고 밤이고 그 생각만 했습니다. 셋은 사람이 없는 틈을 타 이마를 맞대고 속닥속닥 그 일만을 상의했습니다.

나가사키에서 출발한 지 한 달 정도 지난 어느 날 밤, 생각지 못한 기회가 찾아왔습니다. 비상한 모험을 통해서 어쩌면 도망갈 수 있을지도 모를 유일한 방법을 발견한 겁니다.

악당들은 축하 기념으로 항구 술집에서 술을 퍼마시다가 밤이 되어 출항한 뒤에도 배에서 또 술잔치를 벌일 정도로 난리를 피웠습니다.

그때 해적선은 네덜란드령 셀레베스(Celebes)섬에 있는 메나도(Menado)[4]라는 항구에 정박했습니다. 그동안 훔친 물건을 수완 좋게 잘 팔아서 돈을 아주 많이 벌었는데 악당들은 축하 기념으로 항구 술집에서 술을 퍼마시다가 밤이 되어 출항한 뒤에도 배에서 또 술잔치를 벌일 정도로 난리를 피웠습니다.

세 소년은 배가 항구를 떠나자마자 감금당했던 작은 방에서 끌려나와 술심부름을 해야만 했습니다.

바쁘게 일하고 있는 와중에 이치로 군의 모습이 보이지 않자 두 소년은 무슨 일이 생겼나, 하고 걱정하기 시작했습니다. 그러나 잠시 후 이치로 군이 돌아와서는 저쪽 입구에서 손짓하며 몰래 둘을 불러냈습니다.

술잔치가 한참이었기 때문에 모두 다 정신없이 마시고 노래 부르느라 아무도 이를 알아차리는 사람이 없었습니다. 소년들은 부엌으로 가는 척하면서 아무도 모르게 방을 빠져나왔습니다.

"이치로 군, 왜 그래? 너 얼굴이 창백해."

좁은 통로를 지나 갑판 입구까지 왔을 때, 마에다 다모쓰 군이 물었습니다.

"너희, 결정해. 도망치려면 지금밖에 없어."

이치로 군은 둘의 손을 잡고 거칠게 숨을 몰아쉬면서 말했습니다.

"뭐? 도망친다고?"

"응, 도망가는 거야. 내가 지금 갑판에 올라가서 보고 왔는데. 갑판에는 타수* 한 명밖에 없어. 게다가 보트가 선미에 묶인 채로 있어. 노도 그대로 달려있고. 저놈들 술에 취해서 귀찮으니까, 보트를 배에 올리지 않은 거야."

"뭐, 정말? 그럼 가서 보자."

셋은 계단을 올라 갑판으로 나와서 타수에게 들키지 않도록 조심스럽게 물건들의 그림자를 밟아가며 선미에 다다랐습니다.

어두컴컴한 바다를 내려다보니 정말로 한 척의 보트가 선미에 연결된 채 모선(母船)의 4~5미터 뒤에서 덜컹덜컹 고개를 좌우로 도리도리하듯 흔들면서 따라오고 있습니다.

바람은 잠잠하고 파도라고 할 만한 파도도 없고, 하늘에는 모래를 뿌려놓은 듯 수많은 별이 빛나고 있었습니다. 메나도 항을 바라보니

----

* 타수(舵手)란 선박에서 키를 맡아보는 선원을 가리킨다.

아직 항구의 등불이 하늘의 별과는 다른 색으로 반짝반짝 빛나는 것이 보였습니다. 다행히 배의 속도도 느리고 날씨도 그렇고, 항구에서 그리 멀지 않는 점도 그렇고 게다가 보트까지 있으니까, 이런 절호의 기회가 다시 있을 것 같지는 않았습니다.

"그럼 저 밧줄을 타고 내려가면 되겠네."

"응. 가까이 잡아당기면 3미터 정도의 거리야. 어렵지 않을 거야. 단지, 결심만 하면 돼."

셋 중 가장 대담한 이치로 군이 다른 둘을 격려하듯이 말했습니다.

"그래, 하자……. 내가 모자랑 윗도리 가지고 올게. 제대로 갖춰 입고 가지 않으면 남양에 사는 토인한테도 말발이 서지 않을 테니까."

마에다 다모쓰 군은 학교에서 소문난 장난꾸러기였습니다. 목숨이 걸린 이런 상황에서도 평상시의 몸가짐을 잃지 않다니 역시 진정한 장난꾸러기입니다.

다모쓰 군은 나머지 둘이 '들키면 큰일 나'라며 말리는 것도 듣지 않고 다람쥐처럼 어둠 속을 뛰어갔다가 5분도 채 되지 않아 모자 세 개와 윗도리 세 장, 그리고 뭔가 커다랗고 하얀 주머니를 짊어지고 돌아왔습니다.

"그 주머니는 뭐야?"

"응? 아무것도 아니야."

다모쓰 군은 왠지 그 주머니를 숨기는 것 같았습니다.

재빨리 윗도리를 갈아입고는 보트로 줄타기를 하기 위해 자세를 갖추려고 할 때, 갑자기 뒤에서 무슨 소리가 나더니 사람이 숨 쉬는 듯한 인기척이 났습니다.

흠칫 놀라서 뒤돌아보니 에이, 뭐야. 사람이 아니라 개 한 마리였습니다. 해적선에서 기르는 포인터라는 종의 얼룩 개였는데 한 달 사이에 셋을 많이 따랐습니다.

개를 보고 장난꾸러기 다모쓰 군은 무슨 생각이 난 듯이 나머지 둘의 팔을 잡고 말했습니다.

"얘들아, 이 녀석도 데리고 가자. 우리를 이렇게나 따르는 데 여기 두고 가는 건 너무 가여워. 이 녀석도 우리랑 같이 가고 싶을 거야. 이것 봐, 이렇게 몸을 비벼대고 있잖아."

이 제안에 이치로 군도 데쓰오 군도 바로 찬성하였습니다. 쓸쓸한 타향의 하늘 아래서는 비록 개 한 마리라고 할지라도 친구가 많아지면 마음이 든든해지는 법입니다.

"그럼 내가 제일 먼저 갈게."

용감한 이치로 군이 보트의 밧줄을 최대한 끌어당겨서 난간에 꽉 묶어놓고 폴짝 뛰어내리더니 밧줄을 잡고 스르륵 내려갔습니다. 학교 철봉으로 단련된 솜씨입니다.

다음은 데쓰오 군, 그리고 뒤따라 밧줄로 내려보낸 개를 먼저 내려간 두 명이 고생해서 받았습니다. 마지막으로 다모쓰 군이 정체 모를 하얀 주머니를 목에 묶고서 이상한 모습으로 미끄러져 내려왔습니다.

"이제 됐지. 밧줄을 자를게."

이치로 군이 조용히 말을 끝내자마자 주머니에서 잭나이프를 꺼내 보트에 묶인 밧줄을 뚝 절단했습니다.

드디어 목적을 달성하였습니다. 하지만 보트에 옮겨 탄 것만 가지고는 아직 안심할 수가 없습니다. 배와 멀어지지 않으면 언제 해적들한테 들킬지 모릅니다. 만약 무사히 도망갈 수 있다고 쳐도 항구까지는 꽤 거리가 있기 때문입니다.

새까만 바다. 까마득하게 먼 저 건너편에서 반짝이는 항구의 등불. 혹시 갑자기 태풍이 일어날 일은 없을까요? 노를 저어도 저어도 항구에서 멀어져만 가는 그런 끔찍한 일이 일어나지는 않을까요? 아아, 왠지 너무 걱정입니다. 도대체 소년들의 운명은 앞으로 어떻게 될까요?

[원주]

4 셀레베스(Celebes)섬은 인도네시아 중부, 보르네오섬의 동쪽에 위치하였고 오늘날에는 술라웨시(Sulawesi)섬이라고 부른다. 메나도(Menado)는 북부의 항만 도시로 북술라웨시주의 수도이다. 1657년 네덜란드인이 암스테르담 요새를 지었다.

보트 속의 세 명

소년들은 보트 속에 몸을 숨기고 머리만 들어 올려서 가만히 모선을 응시했습니다. 만약 해적 중에 한 명이라도 뱃머리로 나와 보트 속에 있는 셋을 발견한다면 모든 게 다 끝입니다. 이번에 잡히면 어떤 험한 꼴을 당하게 될지 모릅니다.

가만히 숨죽인 채 바라보고 있으니 바로 눈앞에 있던 해적선의 커다란 선미가 점점 멀어져갑니다. 5미터, 10미터, 20미터, 어느샌가 큰 소리로 불러도 들리지 않을 정도로 멀어졌습니다.

드디어 살았습니다. 도적들은 술에 취해서 전혀 눈치채지 못했습니다.

이제 남은 일은 메나도 항까지 노를 저어서 돌아가기만 하면 됩니다. 그곳에는 일본 상관(商館)도 있을 테니까, 거기로 뛰어들어서 구조를 요청하기만 하면 됩니다. 항구 쪽을 보니 저 멀리서 별만한 등불이 반짝반짝 빛나고 있습니다. 5킬로미터쯤 될까요? 셋이서 힘을 합쳐 보트를 저으면 분명히 항구에 도착할 수 있을 겁니다.

"자, 다모쓰 군, 너하고 내가 노를 젓자. 지친 쪽이 데쓰오 군하고 교대하는 거야. 데쓰오 군은 타수를 해주면 돼. 알겠지?"

고토노 이치로 군이 어른처럼 진지한 말투로 지시했습니다.

소년들에게는 노가 너무 무거워서 생각처럼 자유롭게 다룰 수는 없었지만 그런 걸 따질 여유가 없었습니다. 이치로 군과 다모쓰 군은 두꺼운 노에 매달려서 죽을힘을 다해 노를 젓기 시작했습니다.

다행히 바다는 조용했습니다. 난바다* 였기 때문에 파도는 당연히 있습니다만, 지난번에 덮친 태풍에 비하면 이 정도 파도는 아무것도 아니었습니다.

보트가 덜커덩덜커덩 고개를 끄덕거리듯 흔들리면서 항구를 향해서 불안하게 나아갔습니다. 처음에는 노를 한 번 저을 때마다 항구의 등불에 가까워지는 것 같았습니다. 아무리 늦어도 새벽까지는 분명히 항구에 도착할 거라고 생각하며 기운을 냈습니다.

하지만, 이게 웬일인가요? 200미터 정도 저었나 싶더니 갑자기 보트가 앞으로 나아가지 않게 되었습니다. 노를 저어도 저어도 같은 장소에 있는 듯한 느낌이 듭니다. 아니, 같은 곳에 있는 거라면 그나마 괜찮습니다. 아무래도 점점 항구에서 멀어지는 듯한 느낌이 드는 겁니다.

"야, 얘들아, 제대로 저어봐. 보트가 되돌아가고 있는 거 같아."

타수인 데쓰오 군이 의아하다는 듯이 소리쳤습니다.

"젓고 있어. 그렇지? 이치로 군. 이렇게 열심히 젓고 있는데……."

다모쓰 군이 불만 가득한 큰 소리로 대답했습니다.

"이상하네. 보트가 앞으로 나가고 있는 거 같지 않아. 다모쓰 군,

<hr />

* 난바다란 뭍에서 멀리 떨어진 넓은 바다를 가리킨다.

잠시만 노 젓는 걸 멈춰봐 봐."

이치로 군의 지시로 둘 다 노를 위로 올리고 잠시 가만히 있었습니다. 그러자, 어떻게 됐을까요? 보트는 뭔가 살아있는 생명체가 뒤에서 잡아당기는 것처럼 눈에 보일 정도로 쭉쭉 뒤로 돌아가기 시작했습니다.

"어어? 이상하네. 기분 나빠. 상어 같은 게 잡아당기고 있는 거 아냐?"

다모쓰 군이 장난스럽게 말했지만 실은 내심 식겁했습니다. 검은 파두(波頭)가 커다란 괴물의 등 같아서 가만히 보고 있으니 공연히 무서워졌습니다.

"아! 알았다. 알았어."

데쓰오 군이 소리쳤습니다.

"여기에 강한 조류가 흐르고 있는 거야. 우리가 그 속에 말려든 거라고."

바닷속에는 강한 힘으로 한쪽으로 흐르는 강 같은 곳이 있습니다. 그것을 조류, 혹은 해류라고 합니다.

"아! 그러네. 조류구나. 여기를 벗어나야 조용한 곳으로 나갈 수 있겠어. 자, 다모쓰 군, 노를 젓자. 힘내서 열심히 젓는 거야. 데쓰오 군. 키를 돌려줘. 조류를 가로질러 갈 테니까."

이치로 군이 기운 내자는 듯이 소리쳤습니다. 둘은 다시 노에 매달렸으나 이미 지쳤기 때문에 생각만큼 잘 저을 수 없었고 아무리 열심히 저어도 보트는 조류에 휩쓸려 갈 뿐이었습니다. 조류의 폭이 어느 정도 되는지, 노를 저어도 저어도 좀처럼 가로지를 수가 없었습니다.

"안 되겠다. 바람이 불기 시작했어. 저것 봐. 저렇게 큰 파도가……."

데쓰오 군이 소리쳤습니다. 바람이 쏴 하고 불어왔습니다. 검은 파도가 점점 높아져서 보트가 화살처럼 쓸려나갔습니다.

"데쓰오 군. 바꿔줘. 난 이제 안 되겠어."

다모쓰 군이 죽는소리를 했습니다. 지금이라도 뒤집힐 거 같은 보트 안에서 겨우 데쓰오 군과 자리를 바꿨습니다. 하지만, 아무리 노 젓는 사람이 바뀌어도 바람과 조류의 힘에 떠밀려가는 보트가 어떻게 이를 가로질러 갈 수 있겠습니까. 게다가 데쓰오 군은 셋 중 제일 똑똑한 대신에 힘이 가장 약했습니다. 두꺼운 노와 맞붙어 싸우다 금방이라도 뒤로 넘어질 것 같은 모양새입니다.

타수 앞에 움츠리고 있던 개가 이 소란에 겁먹어서 슬픈 소리로 짖기 시작했습니다. 바람 소리, 파도의 울림, 개 짖는 소리, 오른쪽 왼쪽 할 것 없이 덮쳐 오는 커다란 도깨비 같은 파두, 그 속을 이리 날리고 저리 밀리는 작은 보트. 이렇게 되면 아무리 열심히 노를 저어도 아이의 힘으로는 이제 어떻게 할 수가 없습니다.

"아, 이런 어떻게."

데쓰오 군이 갑자기 크고 날카롭게 소리치는 것이 들렸습니다.

"어, 왜 그래?"

"노를 놓쳐버렸어. 아, 저기다."

데쓰오 군이 보트에서 몸을 밖으로 미친 듯이 내밀어 흘러가는 노를 주우려고 했습니다. 바로 그때, 거대한 파도가 다가와서 보트를 철썩하고 옆으로 쓰러트릴 정도로 때리는 바람에 깜짝 놀라 몸을 뒤로 젖히자 그사이에 검은 파도가 노를 삼켜서 보이지 않게 되었습니다.

남은 건 노 하나뿐. 노 하나 가지고는 보트를 저을 수가 없습니다. 운이 다했습니다. 아무리 울부짖어도 소리쳐도 해안가에서 멀리 떨어진 한밤중의 바닷속, 도와주러 올 이가 누가 있겠습니까.

아아, 어떡하면 좋을까요. 아까까지 별처럼 반짝이고 있던 메나도 항구의 등불마저도 어느샌가 보이지 않게 되었습니다. 보트는 벌써 그만큼 멀리 밀려나 버린 겁니다.

깜깜한 어둠 속, 검은 바람, 검은 파도, 그 무서운 소리에 섞여서 한 아이가 우는 소리가 들려옵니다. 제일 천진난만한 다모쓰 군이 개와 함께 울부짖는 겁니다.

그 슬픈 목소리를 들으니 이치로 군도 데쓰오 군도 가슴 속 깊은 곳에서부터 뭔가가 올라와서 눈물이 주르륵 흐르는 걸 어떻게 할 수가 없었습니다.

셋은 목 놓아 울기 시작했습니다. 그리운 아버지와 어머니의 이름을 부르며 아기처럼 울었습니다. 그러는 사이에도 보트는 어두컴컴한 바다를 표류하는 겁니다. 화살처럼 밀려서 흘러가는 것만 같습니다. 아아, 불쌍한 세 소년의 운명은 도대체 어떻게 될까요?

사느냐 죽느냐

그리고 나서 새벽까지 수 시간, 바람은 끊임없이 불었고 파도는 계속해서 난리를 쳤지만, 다행히 태풍은 불지 않았고 보트는 하염없이 표류할 뿐, 전복할 걱정은 없었습니다.

울고 싶은 만큼 실컷 울다가 겨우 울음을 그친 세 소년은 지금까지 몸을 많이 썼을 뿐더러 두려움 때문에 마음도 지쳐서 이제 뭐가 뭔지 모르게 되었습니다. 졸리지만 졸 수도 없었습니다. 그렇다고 해서 확실히 깨어있는 것도 아니었습니다. 살았는지 죽었는지 아무 것도 알 수 없는 시간이 겨우 지나가자 이윽고 하늘이 희미하게 밝아왔습니다. 바다 끝에서 피처럼 새빨간 색이 스며들어와 깜짝 놀랄 정도로 빨간 태양이 수평선 위로 서서히 올라왔습니다.

드디어 날이 밝은 것입니다. 정신을 차리고 보니 어느샌가 바람이 멈췄고 파도도 조용해졌습니다.

"아! 파도가 잠잠해졌어. 우리 살아날 수 있을지도 몰라."

우는 것도 제일 빠르고 기운을 차리는 것도 제일 빠른 다모쓰 군이 보트 속에서 벌떡 일어나 큰 목소리로 외쳤습니다.

나머지 두 명도 그 목소리에 기운을 얻어 얼떨결에 따라 일어섰고 울어서 퉁퉁 부은 얼굴로 어렴풋이 밝아진 바다 위를 둘러보았습니다.

태양은 순식간에 파도와 멀어지며 수평선 1미터 정도 위에서 새빨간 쟁반 같은 모습을 드러냈습니다. 하늘은 점차 밝아졌고 어두웠던 서쪽 수평선도 멀리에서나마 보이기 시작했습니다.

하지만 이게 무슨 일인가요? 동쪽에도 서쪽에도 북쪽에도 남쪽에도 오로지 실 같은 수평선만 이어질 뿐, 육지는 그 어디에도 보이지 않는 겁니다.

소년들은 깜짝 놀라서 창백한 얼굴로 서로 쳐다보기만 했습니다. 그리고 자기들의 눈이 이상해진 건 아닌지 확인하듯 자꾸 눈을 비비고는 저 멀리 수평선을 바라보며 계속 육지를 찾고 있었습니다.

"아! 저거야. 저기. 저건 구름이 아니야. 분명히 육지야. 저게 술라웨시(Sulawesi)섬이야. 틀림없어. 우리 정말 멀리 떠밀려 왔구나. 도저히 저기까지 갈 수 없을 거 같아."

데쓰오 군이 저 멀리 수평선에 희미하게 보이는 긴 육지 같은 걸 가리키면서 울먹이며 말했습니다. 언제 이렇게 멀리 떠밀려온 걸까요. 마치 꿈을 꾸고 있는 것 같았습니다.

바다는 어쩌면 이렇게 넓을까요. 온 세상이 하늘과 물로만 이루어졌고 그 한가운데 아주 작고 작은 보트가 우두커니 떠 있는 것 같습니다.

세 명 모두 더 말할 기운조차 없었습니다. 그저 금방이라도 울어버릴 것 같은 얼굴로 서로 쳐다보고만 있을 뿐입니다. 아주 오랫동안, 죽어버린 것처럼 가만히 있었습니다. 잠시 후 이치로 군은 뭔가 생각이 난 듯 기운차게 소리쳤습니다.

"아직 구조를 포기하기에는 일러. 기선이 지나가기만 하면 된다고. 우리를 발견만 하면 된다니까."

"그렇지만 언제 기선이 지나갈지 모르잖아. 거기다 여기가 기선의 항로에서 멀리 떨어진 곳이면 어떡해."

생각이 많은 데쓰오 군은 쉽게 안심할 수 없었습니다.

"그런 말 해봤자 소용없어. 모든 걸 하늘에 맡기고 기선이 지나갈 때까지 우리는 가만히 기다릴 수밖에 없단 말이야."

이치로 군이 화가 난 듯한 목소리로 반박했습니다.

"그건 그렇지만, 배도 고프고 목도 말라. 기선이 오기 전에 먼저 굶어 죽을지도 몰라."

데쓰오 군의 말도 맞습니다. 그러고 보니 셋 다 배가 매우 고팠습니다. 개도 뭔가 먹고 싶은지 아까부터 코를 킁킁거리고 있습니다.

"얘들아, 그런 거라면 안심해도 돼. 우리한테는 식량이 있으니까."

둘의 이야기를 듣고 있던 다모쓰 군이 싱글벙글하면서 끼어들었습니다.

"응? 식량이라고? 무슨 말 하는 거야. 놀리지 마."

"헤헤헤……. 그렇게 말할 줄 알았지. 그렇지만 여기에 분명히 식량이 있다고. 필요 없어? 나 혼자 다 먹어도 돼? 에헴. 역시 내 님은 아주 훌륭하군."

다모쓰 군은 어깨를 으쓱거리며 양손으로 주먹을 만들어 자기 코 위에 겹치고는 덴구* 흉내를 냈습니다. 장난꾸러기 다모쓰 군은 이

....

* 덴구(天狗)란 일본 전국의 심산유곡에 살면서 마계를 지배하는 요괴의 일종으로 수행자 같은 차림으로 얼굴은 붉고 코는 높으며, 높은 게다를 신고 허리에 큰 칼을 차고 손에는 깃털 부채를 들고 있다. (구사노 다쿠미 저, 송현아 역, 『환상동물사전』 도서출판 들녘, 2001).

럴 때도 평상시처럼 장난을 칩니다.

"정말로? 그럼 보여줘 봐."

이치로 군이 다모쓰 군의 장난을 보고 웃는 얼굴로 말하자, 다모쓰 군은 보트 밑바닥에서 하얀 주머니 같은 걸 꺼내 커다란 바나나 송이를 쓱 집어 올려 보여줬습니다.

"아! 바나나!"

이치로 군과 데쓰오 군은 동시에 소리 지르며 손을 내밀었습니다. 그리고 다모쓰 군이 건네준 바나나를 받고서는 허겁지겁 껍질을 벗겨 새하얗고 싱싱하며 맛있는 열매를 베어 먹었습니다.

해적선에서 도망 나올 때, 다모쓰 군이 하얀 주머니를 소중하게 들고 있던 걸 독자 여러분들은 기억하고 있겠죠. 그 주머니에는 바나나와 비스킷 캔이 듬뿍 들어있었습니다. 특히 바나나는 메나도 항구에서 실은 나무에서 갓 따온 싱싱한 것으로, 일본 내지에서는 상상도 못할 만큼 맛있었습니다.

"너는 우리가 이런 일을 당할 거라는 걸 미리 알고 있었던 거야?"

이치로 군이 입을 오물거리면서 신기하다는 듯이 물어보자, 한 손으로는 개에게 비스킷을 주고 입으로는 바나나를 먹으며 오물거리던 다모쓰 군이 싱글벙글 웃으면서 대답했습니다.

"그랬다면 내가 진짜 대단한 놈이지만. 하하하……. 실은 말이야. 내가 먹보잖아. 메나도 항구에 도착할 때까지 배가 고플 것 같아서 부엌에서 슬쩍해 온 거야."

"그걸 왜 지금까지 숨기고 있었어?"

"왜냐면, 너희가 항상 나를 '먹보', '먹보'라고 놀리잖아. 창피했었다고."

다모쓰 군이 천진난만하게 웃으면서 자백했습니다.

소년들은 다모쓰 군이 먹보인 덕분에 아껴 먹으면 이틀 정도는 배를 곯지 않아도 된다는 걸 알고 크게 안심했습니다. 다모쓰 군이 욕심을 내서 음식을 엄청나게 많이 가지고 나와 준 게 예상치도 못한 행운이었던 거죠. '먹보'라고 놀릴 일이 아니에요, 고맙다고 절을 하고 싶을 지경입니다.

배가 불러오자 소년들은 보트 속에 누워 쿨쿨 잠들어 버렸습니다. 많이 움직인데다가 밤새 잠을 못 잤으니까요, 이제 더는 눈을 뜨고 있을 수가 없었습니다.

조용하다고는 해도 난바다이기 때문에 가끔 커다란 파도의 출렁임이 습격해 왔습니다만, 이제 그 정도로는 꿈쩍도 하지 않습니다. 세 명 모두 드르렁드르렁 코를 골면서 깊은 잠이 들었습니다.

이틀간은 아무 일 없이 지나갔습니다. 기다리고 기다리던 기선은 전혀 지나갈 것 같지 않았습니다만, 바다는 거울처럼 조용했고 식량도 있었기 때문에 생명에 지장 없이 지낼 수 있었습니다.

곤란한 건, 적도에 가까운 태양의 열기 정도였지만, 남아 있는 노하나를 보트에 비스듬히 세우고 모두의 윗도리를 연결해서 해 가리개를 만들어 더위를 피할 수 있었습니다.

남양에서는 날씨가 아무리 좋은 날에도 하루에 두세 번, 스콜이라는 소나기 같은 비가 오기 때문에 그때마다 온몸이 흠뻑 젖어 더위를 잊을 수 있었고 그 비를 양손으로 받아 마른 목을 축일 수도 있었습니다.

하지만 얼마 남지 않은 식량을 다 먹고 나면 이제 끝입니다. 그때까지 기선이 지나가면 다행이지만 만약 지나가지 않으면 아무도 모르는 먼바다 한가운데서 굶어 죽을지도 모릅니다. 세상에 이처럼 불안하고 무서운 일이 또 있을까요? 겁이 많은 사람은 생각만 해도 죽어버릴 정도입니다.

아아, 얼마나 운이 없으면 이런 일이 일어날까요. 소년들의 앞날에는 더 무서운 일이 기다리고 있었습니다. 기선이 지나가지 않는다거나, 굶어 죽을 거 같다거나 그런 마음속의 괴로움이 아닌 더 절박한, 목숨을 건 위기가 소년들을 덮쳐 온 것입니다.

그건 바로 바다에서 가장 두렵다는 폭풍우입니다. 해적선을 도망 나온 밤에도 바람이 불었습니다만, 태풍이라고 할 정도는 아니었습니다. 하지만, 이번에는 진짜 태풍이 온 겁니다.

이틀째 밤이었습니다. 보트 안에서 불안한 마음으로 얘기를 나누고 있던 셋의 볼에 갑자기, 퓨 하는 소리를 내면서 묘한 바람이 스쳐 지나갔습니다.

"어라? 지금 이거 뭐지? 이상한 바람이네."

깜짝 놀라서 문득 하늘을 올려다봤습니다. 그러자 조금 전까지 모래를 뿌린 것처럼 아름답게 반짝이고 있던 별이 하나도 보이지 않았습니다.

"어어? 하늘이 새까매. 비가 오려나?"

말이 끝나자마자 다시 한번 퓨 하고 낮은 울림이 엄청나게 큰 소리로 들리더니 정신없이 바람이 불어 닥치기 시작했습니다. 커다란 빗방울이 우두둑 보트 위에 떨어지나 싶더니 순식간에 폭포 같은 폭우가 되어 바다 수면을 강하게 때리고 바다 전체가 하얀 물방울을 튀기면서 흔들렸습니다. 물론 스콜은 아니었습니다. 그렇게 호락호락한 것이 아니었습니다.

"태풍이다! 모두 조심해. 보트를 꽉 붙잡아."

이치로 군이 소리쳤습니다만, 이제는 그 외침마저 귀에 들어오지 않을 정도였습니다.

순식간에 파도가 일렁이기 시작했습니다. 보트는 마치 그네처럼 흔들리기 시작했습니다. 그네가 한 번 흔들릴 때마다 높이 올라가듯이 파도는 한번 밀려올 때마다 점점 더 높아졌습니다.

해적선에서 일할 때 만났던 태풍과도 지지 않을 정도로 무서운 바람과 비, 그리고 파도입니다.

"안 되겠어! 이번에야말로 보트가 뒤집힐지도 몰라. 꽉 붙잡고 있어야 해. 아, 좋은 생각이 났다. 이 밧줄로 모두 몸을 보트에 묶자. 도와줘."

이럴 때 가장 다부진 게 바로 이치로 군입니다. 순간적으로 좋은 아이디어를 내고는 합니다. 보트 바닥에 여비의 밧줄을 둥글게 말아 놓은 걸 생각해 낸 겁니다.

셋은 밧줄을 풀어서 서로 도와가며 몸을 하나씩 하나씩 보트의 의자 판에 묶었습니다. 개도 다모쓰 군에게 안긴 채로 묶여서 몸부림을 치고 계속해서 울어댔습니다.

고, 고 하고 시커먼 하늘을 스쳐 지나가는 바람 소리, 파도는 시시각각 높아만 갑니다. 셋은 이제 눈도 보이지 않고 소리도 들리지 않고 그저 죽을힘을 다해서 보트의 의자 판에 매달릴 뿐입니다.

쓱 하고 엘리베이터에 탄 것처럼 위로 올라가는 느낌, 다시 쓱
하고 땅바닥으로 빨려 들어갈 것 같은 느낌.

산 같은 파도를 타는가 싶으면 바로 다음 순간에는 파도와 파도
의 계곡 깊이 미끄러져 떨어지고 떨어졌는가 싶으면 다시 높고 높은
산 위로 치솟는 겁니다.

아아, 이제 운도 다했습니다. 이 어마어마한 태풍이 쉽게 멈출
리가 없습니다. 보트는 뒤집힐 게 분명합니다. 뒤집히면 셋의 목숨
은 없는 거나 마찬가지입니다.

이 얼마나 불쌍한 소년들인가요. 힘들게 해적선을 도망 나왔나
싶으면 조류라는 장난꾸러기 때문에 무시무시한 대양 한가운데로
떠밀려 나왔고 그것도 모자라서 이번에는 거대한 폭풍우까지. 얼마
나 짓궂은 하느님이신지!

하느님은 정말로 세 소년의 목숨을 거두어 가실 생각이실까요?
아니면 다시 소년들이 훌륭한 사람이 되도록 일부러 이런 무서운
시련을 주시고 그 용기를 시험하고 계시는 걸까요?

야자수 열매

고, 고 하는 낮은 바람 소리, 계속해서 불어오는 검은 산 같은 큰 파도, 회오리가 돼서 불어 닥치는 비와 파도의 물보라, 미친 엘리베이터에 탄 것처럼 하늘까지 튕겨 올라갔는가 싶으면 다음 순간에는 쓱 하고 땅속으로 파고들 거 같은 기분, 세 소년은 더는 살아있는 것 같지 않아 마음속으로 하느님을 외치면서 필사적으로 보트의 의자 판에 매달려 있을 뿐이었습니다.

각자의 몸을 보트의 의자 판에 묶어서 파도에 떠밀려 튕겨 나가지 않게 했습니다만, 파도에 떠밀려 나가지 않더라도 보트 자체가 뒤집히면 그걸로 끝입니다. 그리운 고향에서 몇천 리나 떨어진 열대 바다에 빠져 죽는 겁니다. 아무도 모르게 덧없는 최후를 맞이하게 되는 것입니다.

하지만 소년들은 그런 생각을 할 여유도 없습니다. 계속해서 덮쳐 오는 파도와 물보라에 겨우 숨을 쉴 수 있을 정도로 배 위에서 버티면서도 당장이라도 익사할 거 같은 기분이 들었습니다.

"아버지, 살려주세요."

셋은 마음속으로 몇 번을 외쳤는지 모릅니다. 하지만, 아버지도 어머니도 멀고 먼 일본에 계십니다. 아무리 외쳐 봐도 들릴 리도 없고 살려주러 오실 리도 없습니다.

"아, 괴로워, 살려주세요……."

가장 몸이 약한 데쓰오 군이 파도 때문에, 숨도 쉴 수 없는 괴로움으로 자기도 모르게 비명을 질렀습니다. 하지만, 아무도 대답해주는 이가 없습니다. 모두 자기 한 몸 건사하는 것만으로도 벅찼습니다.

파도가 점점 더 사나워져서 보트가 위에 떠 있는지 아래 가라앉았는지 모를 정도였습니다. 이제는 파도나 물보라 같은 것이 아니라 얼굴이 쉴 틈 없이 물속에 잠겨있는 탓에 전혀 숨을 못 쉬게 되었습니다.

'아아, 이제 죽겠구나.'

셋은 각자 그렇게 느꼈습니다. 아무것도 들리지 않고 아무것도 보이지 않고 단지 자신의 영혼만이 깊고 깊은 곳으로 잠겨가는 듯이 소년들은 하나둘씩 정신을 잃었습니다.

* * *

이치로 군은 누군가가 자기를 깨우고 있는 것을 느꼈습니다.

"아, 어머니가 깨워주고 계시는구나. 늦잠 자버렸네. 빨리 일어나서 라디오 체조해야 하는데."

그런 생각을 하면서 눈을 뜨니까, 코끝에 개의 얼굴이 보였습니다. 개 한 마리가 킁킁거리면서 이치로 군의 몸을 비비고 있었습니다.

어라? 이상하네. 라고 생각하면서 누운 채로 멀리 쳐다보니 처음 보는 파릇파릇한 나무들이 늘어서 있습니다. 방이 아니었습니다.

"그럼 내가 들판에서 자고 있었나?"

하지만 들판도 아니었습니다. 몸 밑에서 하얀 모래가 반짝반짝 빛나고 있습니다. 모래 들판을 쓱 하고 눈으로 따라가 보니 하얀 파두가 보였습니다. 싸악, 싸악 하고 밀어닥치는 파도였습니다.

"아, 바닷가구나. 그럼⋯⋯."

이치로 군은 이제야 겨우 머리가 맑아졌습니다.

"아니 뭘 이렇게 한가로운 생각을 하고 있었지. 집일 리가 있겠어. 나는 남양 바다에 빠져 죽었잖아. 그런데 죽어버린 내가 어째서 이런 바닷가에 누워있는 거지? 아, 알겠다. 살았구나. 정신을 잃은 사이에 무서운 태풍이 나를 어느 바닷가로 데리고 왔구나⋯⋯. 그럼 데쓰오 군하고 다모쓰 군은 어떻게 됐지?"

거기까지 생각이 다다랐을 때, 뒤에서 개 짖는 소리가 들렸습니다. 깜짝 놀라 급하게 그쪽으로 고개를 돌리니 보트 한 척이 옆으로 쓰러져 있고 두 소년이 보트의 의자 판에 몸이 묶인 채 힘없이 쓰러져 있는 것이 눈에 들어왔습니다. 물론 데쓰오 군과 다모쓰 군이었습니다.

"나하고 개만 밧줄이 느슨해져서 보트 밖으로 던져진 거구나⋯⋯. 빨리 둘을 살려줘야지."

이치로 군은 일어서려고 했지만, 온몸의 힘이 빠져서 생각처럼 몸을 움직일 수가 없었습니다. 힘들게 겨우 상반신을 일으켜 세우고 기어가다시피 보트에 가까이 가서 둘의 밧줄을 풀기 시작하자 다행히 다모쓰 군도 데쓰오 군도 죽지 않았다는 걸 알았습니다.

오랜 시간을 들여서 둘을 모래 위에 눕힌 채 돌보고 있는 사이,

둘 다 차례대로 눈을 뜨고 말을 하며 이윽고 정신을 차렸습니다.

잠시 후 몸에 힘도 점점 돌아와서 셋 다 서서 걸을 수 있을 만큼은 되었습니다만, 제일 먼저 깨달은 것은 목이 타들어 갈 정도로 말랐다는 것입니다. 물이 너무나도 마시고 싶었습니다.

바로 눈앞에 물이 있었지만, 바다의 소금물이니 어쩔 수가 없습니다.

"어딘가에 강이나 우물이 없을까?"

다모쓰 군이 온통 초록색으로 뒤덮인 깊은 숲 쪽을 보면서 속삭였습니다.

"우물이라고? 어디에도 사람 사는 집이 보이지 않으니까 우물 같은 건 있을 리가 없어……. 도대체 여기는 어느 나라지?"

데쓰오 군이 걱정스러운 듯 중얼거렸습니다.

"정말로 쓸쓸해 보이는 바닷가네. 배도 한 척 보이지 않고 집 같은 것도 없고……. 남양의 어느 섬인 건 틀림없을 거 같은데……. 어쩌면 야만인의 나라일지도 몰라."

다모쓰 군은 그렇게 말하고는 두려운 듯이 주변을 둘러봤습니다. 사람의 모습도 동물의 모습도 보이지 않고 마치 죽은 것처럼 조용한 것이 왠지 모르게 예사롭지 않았습니다.

이런 황폐한 땅에 사람이 살고 있다면 그건 분명 무시무시한 야만인일 것입니다. 어쩌면 이야기로만 듣던 식인종의 나라일지도 모릅니다. 게다가 저 깊은 삼림 안쪽에는 어떠한 맹수가 살고 있는지조차 모르는 겁니다.

그런 생각에까지 이르자 셋은 불안에 떠는 눈길을 주고받았습니다. 일본에 있을 때, 영화로 본 야만국의 맹수 사냥 모습이 선명하게 떠오른 겁니다.

숲이라고 해도 바닷가에 가까운 곳은 일면이 야자나무였습니다. 그 너머는 계속해서 산처럼 높아지고 있었고 산 전체가 이름도 알지 못하는 커다란 나무로 뒤덮여 있었습니다.

"야, 괜찮을까? 저 숲속에 뭔가 이상한 게 있는 건 아닐까?"

장난꾸러기 다모쓰 군도 주변의 범상치 않은 분위기에, 평소와 같은 기운은 찾아볼 수 없었습니다. 평소와 달리 창백한 얼굴을 하고는 소곤소곤 속삭이듯이 말하는 겁니다.

"더는 못 참겠어. 어디에선가 물을 찾아야 해. 저 숲속에는 강이나 샘이 있을지도 몰라. 뭔가 과일이 열려있을지도 모르지. 용기를 내서 숲 쪽으로 가보자."

이치로 군은 그렇게 말하곤 앞장서서 야자 숲 쪽으로 걸어가기 시작했습니다. 다모쓰 군도 데쓰오 군도 목마른 고통을 이길 수는 없었기에 찜찜해도 그 뒤를 따랐습니다. 그 모습을 본 개가 갑자기 신이 나서 재빨리 셋을 제치고 굉장한 속도로 숲속을 향해 뛰어 들어갔습니다.

셋은 멈춰 섰습니다. 숲속에서 소란스러운 소리가 들려오는 것은 아닌가, 뭔가 무서운 동물에게 쫓겨서 되돌아오는 건 아닌가 하는 생각이 들었기 때문입니다.

잠시 기다려 보았지만 그럴 거 같지는 않았습니다. 개는 나무 사이로 모습을 숨기는가 싶더니 다시 뛰어나와 '괜찮으니까 빨리 와'라고 말하는 듯이 신나있었습니다.

"괜찮은가 봐. 가보자."

셋은 어느 정도 안심한 뒤 숲속으로 들어갔습니다. 그러나 토지는 완전히 말라 있었고 샘 같은 것은 하나도 보이지 않았습니다. 가까이에 강이 흐르고 있는 것 같지도 않았습니다.

"어라? 묘한 것이 떨어져 있네."

다모쓰 군이 멈춰서더니 작은 풋볼 공만한 갈색의 둥근 것을 신발 끝으로 데굴데굴 굴리더니 밟아 봤습니다.

"에이, 이래도냐, 이래도냐."

아무리 밟아도 전혀 찌그러들지 않습니다.

다모쓰 군은 그것이 너무 단단하다는 사실에 완전히 화가 나서 주머니에 갖고 있던 잭나이프를 꺼내서 푹 찔렀습니다. 그러자, 그 속에서 흐물흐물한 액체가 흘러나오기 시작합니다. 그리고 이루 말할 수 없는 달콤한 냄새가 풍겨 나옵니다.

"이거 야자수 열매다. 학교 표본실에 있었잖아. 그거야 그거. 이제 강 같은 거 찾지 않아도 돼. 저걸 봐. 야자수 열매가 잔뜩 열려 있잖아. 저걸 따서 안에 있는 즙을 빨면 돼."

무슨 일이든 머리 회전이 빠른 데쓰오 군은 야자수 나무 꼭대기를 손가락으로 가리키면서 기쁜 듯이 외쳤습니다.

"아, 정말이네. 야자수 나무를 보고도 야자수 열매를 못 알아보다니 우리 정말 어떻게 됐나 봐. 하지만 이건 뭔가 썩은 거 같으니까, 역시 나무에 열려있는 걸 따는 게 좋을 거 같아. 우리 셋 중에서 나무를 제일 잘 타는 게 누구더라?"

이치로 군이 다모쓰 군 얼굴을 보고 씩 웃으면서 말했습니다. 나무타기라고 하면 물을 필요도 없이 다모쓰 군이 그 방면의 선수였기 때문입니다.

"네, 접니다."

다모쓰 군은 교실에서 하듯이 오른손을 높이 올린 채 대답했습니다. 하지만 일본에 있는 나무랑 달라 아래 가지라는 것이 전혀 없는, 마치 두꺼운 작대기를 세워 놓은 듯한 야자수 나무타기는 선수에게도 조금 자신이 없어 보였습니다. 하지만 바로 뭔가 생각이 난 듯이,

"아아. 좋은 방법이 있어. 잠깐 기다려봐."

다모쓰 군은 이렇게 말하고 쏜살같이 바닷가 쪽으로 달려갔습니다. 그리고 얼마 안 있어 1미터보다 약간 짧은 밧줄을 양쪽으로 묶어서 동그랗게 만든 것을 갖고 돌아왔습니다. 소년들의 몸을 보트 의자 판에 묶었던 밧줄을 잭나이프로 적당한 길이로 잘라서 가져온 것입니다.

"이 밧줄은 나무타기 비법이야. 언젠가 아버지한테 배운 거야. 잘 보고 있어. 알겠지."

다모쓰 군은 득의양양하게 말하고 신발을 벗고 고리 모양이 된 밧줄을 양쪽 발에 끼워서 그대로 야자나무에 뛰어올랐습니다. 그리고 나무 기둥을 부둥켜안고 쭉쭉 위로 타고 올라갔습니다. 밧줄 고리를 양쪽 발에 끼고 거기에 발바닥 힘을 가하고는 밀면서 위로 올라가니 미끄러질 걱정이 전혀 없습니다. 정말 좋은 생각이었습니다. 다모쓰 군이 비법이라고 자랑할 만했습니다.

다모쓰 군은 순식간에 높은 야자나무 꼭대기까지 올라가서 갖고 있던 잭나이프로 커다란 야자열매를 잘랐습니다.

"내가 던질게. 잘 받아."

라고 하늘에서부터 명랑한 목소리가 울려 퍼집니다.

"알았어. 자, 여기로……."

밑에 있는 두 명은 야자나무 꼭대기에 있는 다모쓰 군의 모습을 올려다보면서 양손을 펼쳤습니다.

야자열매는 단단하기도 했고 높은 데서 던지기 때문에, 잡는 게 여간 어려운 일이 아니었지만 그래도 둘은 잘 잡을 수 있었습니다. 하나, 둘, 셋. 커다란 열매였기 때문에 세 개면 충분합니다.

다모쓰 군은 개선장군 같은 얼굴로 미끌미끌한 야자나무를 타고 내려왔습니다. 셋은 거기에 앉아서 야자열매에 구멍을 뚫어 입을 갖다 댔습니다. 아직 다 익지 않은 과육 속의 달달하고 달콤한 즙을 빨았습니다.

남양에 사는 토인이라면 허튼짓은 하지 않고 열매를 요령껏 둘로 잘라서 껍질에 붙은 흐물흐물한 하얀 과육을 먹었을 텐데 소년들은 그런 방법이 있는 줄 몰랐습니다. 하지만 이걸로 충분합니다. 과즙만으로도 위가 가득 찰 정도였습니다.

"맛있다. 나, 이렇게 맛있는 즙은 태어나서 처음 먹어봐."

다모쓰 군이 입술을 타고 흘러내려 오는 즙을 손바닥으로 쓱 닦고는 날름날름 혀로 핥으면서 감탄한 듯이 말했습니다.

"응. 나도. 야자열매가 이렇게 맛있을 줄은 몰랐어."

"혀가 녹아버릴 거 같아."

달콤한 즙을 배부르게 마시고 나니 갈증이 해소되었을 뿐 아니라 배도 든든해져서 완전히 원기를 회복할 수가 있었습니다.

"어라? 개는 어디로 갔지? 그 녀석도 배고플 텐데."

이치로 군이 개가 없는 걸 알아차리고 수상하다는 듯이 말했습니다. 아까까지 그렇게 신나서 셋의 주위를 뛰어다니던 개가 보이지 않는 겁니다.

이 개는 아직 이름이 없습니다. 원래 해적들이 키우던 개여서 지나인 선원들이 뭔가 묘한 이름으로 부르고 있었습니다만, 소년들은 이 귀여운 개를 해적들이 붙여준 이름으로 부르고 싶지 않았습니다. 일본 국적에 넣어서 일본 이름으로 부르고 싶었지만, 여러 가지 위기 상황을 만나 아직 개 이름을 정할 여유가 없었습니다.

"이거 곤란한데. 어이, 뽀빠이,⁵ 뽀빠이, 뽀빠이!"

다모쓰 군이 장난스럽게 불렀습니다. 다모쓰 군 집에서 키우는 개 이름이 뽀빠이였습니다. 만화영화 호걸 뽀빠이한테서 따온 이름입니다.

"이상해. 뽀빠이라고 부르려고?"

데쓰오 군이 조금 불만스러운 목소리로 말했지만, 다모쓰 군은 듣지도 않고 "뽀빠이, 뽀빠이"라고 계속 불렀습니다. 다모쓰 군은 뽀빠이가 어떤 상대에게도 지지 않는 호걸이면서도 뭐라 말할 수 없는 친밀감까지 가지고 있기 때문에 이보다 더 좋은 이름은 없다고 생각했습니다.

소년들은 개의 이름을 부르면서 숲속 깊숙이 들어갔습니다. 야자나무 숲을 벗어나자 거기서부터 점점 키 작은 나무가 많아졌습니다. 맞은편에 있는 거대한 삼림으로 쭉 이어져 있었기 때문에 길이 있을 리가 없었습니다. 나무가 우거질수록 걷기가 힘들어졌고 무작정 들어가서는 길을 잃을 거 같아 더는 앞으로 나갈 수가 없었습니다.

어쩔 수 없이 그곳에 멈춰 서서 계속 "뽀빠이, 뽀빠이" 하고 부르자 버석버석하고 나뭇가지가 스치는 소리가 나면서 셋의 눈앞에 불쑥 개가 나타났습니다.

소년들은 '아아, 다행이다.'라고 생각하면서 개의 머리를 쓰다듬어 주려고 그쪽으로 가까이 갔습니다. 하지만, 개의 입가를 보고 셋은 "앗!" 하고 소리를 내며 멈춰서고 말았습니다.

보십시오. 개의 입에서 아래턱까지 새빨간 피가 주르륵 떨어지고 있습니다. 게다가 어깨 부근이나 다리에 상처가 나서 피가 뿜어져 나오고 있습니다.

도대체 무슨 일이 있었던 걸까요? 뽀빠이는 무엇과 싸우다 온 걸까요? 분명히 동물과 싸운 것임은 틀림없겠지만 그게 어떤 동물일까요? 혹시 무서운 맹수를 만난 건 아닐까요? 그리고 그 맹수한테 쫓겨서 도망 온 건 아닌지.

셋은 깜짝 놀라 눈을 크게 떴습니다. 그리고 지금이라도 그 무서운 녀석이 저쪽 숲속에서 불쑥 모습을 나타낼까 자신들도 모르게 몸을 움츠렸습니다.

[원주]

5 E·C·세가(Elzie Crisler Segar)의 만화 '골무극장(Thimble Theater)'(1929)의 조연으로 처음 등장해서 미국의 플라이셔(Fleischer) 형제의 만화영화(1932~1942)에서 인기를 얻은 괴력을 지닌 선원 캐릭터. 그 후 1957년까지 만들어진 속편, 합계 228 작품은 TV에서도 반영되었고 일본에서는 1959년에 방송을 시작하였다. 나아가 60년 대에는 TV 오리지널 애니메이션도 제작되었다. 태평양 전쟁말기에는 영미의 인기 예능인이 뽀빠이라고 개명하기도 했지만, 이 당시에는 이런 일에 대해서는 아직 관대했던 것 같다.

사슴과 앵무새

소년들은 당장이라도 그 맹수가 뽀빠이를 쫓아서 뛰쳐나오는 건 아닌가 하고 자기도 모르게 수비 자세를 취하고 있었습니다. 하지만 아무 일도 일어나지 않았고 주위는 고요했습니다.

"이상하네. 어이, 뽀빠이. 너 어떤 놈을 만난 거야?"

이치로 군이 이렇게 물으면서 개 쪽으로 다가가자, 뽀빠이는 연신 꼬리를 흔들면서 이치로 군을 돌아보았습니다. 그리고 무슨 이유에서인지 다시 덤불 속으로 들어가고 싶어 하는 것 같았습니다.

"아, 그렇구나. 얘들아, 뽀빠이가 이긴 거야. 상대방을 물리친 거라고. 그렇지 않으면 저렇게 꼬리를 흔들면서 침착할 리가 없잖아."

다모쓰 군이 숨을 헐떡거리면서 말했습니다. 다모쓰 군은 집에 개를 키우고 있어서 이런 일은 다른 둘보다 더 빨리 알아차릴 수 있었습니다.

"응, 그럴지도 모르겠네. 그럼 이 녀석 뒤를 쫓아가 볼까?"

이치로 군이 다모쓰 군과 데쓰오 군을 번갈아 쳐다보면서 말했습니다. 셋 다 아직 두려움이 남아있었지만, 용기를 내서 뽀빠이 뒤를 쫓아가 보기로 했습니다.

처음 보는 나무들이 다양하게 섞여 있는 수풀을 헤치면서 길도 아무것도 없는 곳을 걸어가야 했기 때문에 사람은 도저히 개처럼 빨리 갈 수가 없었습니다. 얼굴이나 손에 나뭇가지가 긁혀 상처를 입으면서도 뽀빠이를 놓치지 않기 위해 열심히 앞으로 나가자, 드디어 나무보다는 양치류가 빽빽하고 무성하게 자라있는 장소가 나왔습니다.

"아, 저거야."

다모쓰 군이 가리킨 곳을 바라보니, 양치류 잎사귀에 짐승 한 마리가 웅크리듯이 쓰러져 있는 것이 보였습니다. 맹수가 아니었습니다. 뽀빠이보다도 조금 큰, 다리가 가느다란 왜소한 짐승이었습니다.

"에이, 뭐야. 이거 사슴이잖아."

동물원에서 자주 보았던 익숙한 일본 사슴하고는 조금 다른 것 같았습니다만, 사슴 종류임은 틀림없었습니다.

"불쌍하게도, 뽀빠이가 물어 죽였나 보네. 하지만 이런 녀석이라 다행이야. 나는 무서운 맹수인 줄 알았거든."

이치로 군이 사슴 사체를 들여다보면서 말하자, 다모쓰 군은

"응, 나도 그래. 뽀빠이야, 너 세구나. 마치 영화 속 뽀빠이랑 똑같잖아."

라며 믿음직스럽다는 듯 뽀빠이의 머리를 쓰다듬어 주었습니다.

"하지만, 안심할 수는 없어. 이런 사슴뿐이라면 괜찮겠지만, 숲속 깊숙한 곳에는 어떤 맹수가 있을지 모르니까."

이치로 군이 불길하리만치 조용해진 주변을 둘러보았습니다.

"응, 맞아. 야자나무가 자라고 있는 걸 보면, 여기는 역시 남양의

어느 섬이 틀림없어. 하지만 지리 시간에 배운 것대로라면 남양에는 무서운 맹수가 꽤 살고 있으니까 말이야."

데쓰오 군도 걱정스러운 눈빛으로 말했습니다.

"맹수라면 고릴라 말이야?"

다모쓰 군이 눈을 동그랗게 뜨고서는 데쓰오 군에게 물어봤습니다.

"고릴라가 있는지는 확실히 모르겠지만 아마 오랑우탄은 있을 거야. 고릴라처럼 생긴 그 무서운 유인원 말야. 언젠가 선생님께 남양의 동물 이야기를 들은 적이 있잖아. 큰 뱀이라든지 큰 도마뱀, 아, 맞아. 악어도 남양의 명물이지. 그리고 멧돼지라든지 호랑이 같은 것도 있다고 했어."

"아, 그랬지. 생각났어. 큰 뱀이랑 큰 도마뱀의 그림을 보여주셨지. 그리고 오랑우탄도."

다모쓰 군이 두리번두리번 주위를 둘러보면서 꽤 기분 나쁘다는 듯이 속삭였습니다. 건너편 너머에 있는 산꼭대기까지 이어지고 있는, 끝없이 깊은 숲속에 그림으로 본 적이 있는 무시무시한 동물들이 우글우글 있다고 생각하니까, 소름이 끼쳤습니다.

숲속에 있는, 낯선 모양으로 구불구불 뒤틀린 나무 기둥이 큰 뱀처럼 보이는 것 같고 발밑에 있는 커다란 양치류 잎사귀 그늘에 큰 도마뱀이 숨어 있을 것만 같아서 섬뜩하고 징그러웠습니다.

"하지만, 그런 맹수보다 더 무서운 것이 인간이야."

데쓰오 군이 사려 깊은 얼굴로 말했습니다.

"어? 인간이라고?"

"응, 인간이야. 식인종 말이야. 그때 선생님이 말씀하셨잖아. 남양의 미개한 지방에는 아직도 사람 머리를 사냥하는 야만인이 살고 있다고. 사람 목을 베는 인종이 있다면 식인종도 있을지 모르잖아."

"아, 그러네. 남양에 사는 야만인은 독화살의 명수라고 했지."

이야기하면 할수록 끔찍한 일뿐입니다. 우거진 수풀 사이로 시꺼먼 얼굴의 야만인이 눈을 부라리면서 소리 없이 이쪽을 보고 있는 건 아닌지. 마음이 전혀 놓이지 않았습니다.

"우리 이런 곳에 더 있지 말고 빨리 바닷가로 돌아가자."

장난꾸러기 다모쓰 군이 제일 먼저 앓는 소리를 냈습니다. 셋이서 원래 있었던 야자나무 숲으로 돌아가려고 걷기 시작했을 때였습니다. 데쓰오 군이 무언가를 발견했는지 갑자기 멈춰 서서 소리쳤습니다.

"아! 저것 좀 봐. 저 건너편에 있는 커다란 나무를 봐 봐."

이치로 군과 다모쓰 군은 깜짝 놀라 데쓰오 군이 가리킨 저 멀리 건너편에 있는 커다란 나무를 바라보았습니다.

"와, 이쁘다. 새하얀 꽃이 잔뜩 피어있네. 정말 꽃이 크다."

20미터는 족히 되어 보이는 대목에 푸른 잎들이 울창하게 우거져 있는 사이로 하얗고 커다란 꽃이 가득 피어있었습니다. 꽃의 크기는 눈으로 어림잡아도 40~50센티미터는 되어 보였습니다.

열대에서는 커다란 꽃이 핀다고 들었습니다만, 이렇게 아름다운 꽃이 피는 나무 이야기는 들은 적도, 책에서 읽은 적도 없습니다.

"어라. 저 꽃, 움직이고 있어."

그것을 제일 먼저 알아차린 것도 데쓰오 군입니다.

"응? 꽃이 움직인다니?"

"저기 봐. 저거. 까닥까닥 움직이고 있잖아. 아! 봐 봐. 저 꽃들 모두 움직이고 있어. 살아 있는 것 같네."

"정말이네. 살아 있다. 아, 날았어. 하늘로 날아올랐어."

신기하다. 신기해. 새하얀 꽃이 확 날개를 펼치더니 하늘 높이 날아올랐습니다. 세 소년은 어안이 벙벙해졌습니다. 꽃이 혼자서 움직이고 날아오르다니. 마치 마법의 나라에 온 것만 같아서 재미보다는 두려움이 앞섰습니다.

"아, 알았다. 저건 새야. 새하얀 새가 저 나무 위에 잔뜩 앉아 있는 거야. 잘 봐 봐."

이치로 군은 작은 돌을 찾더니 갑자기 온 힘을 다해 나무 쪽으로 돌을 던졌습니다. 나무가 멀리 있어서 돌은 닿지 않고 떨어졌지만 그래도 그 소리에 놀랐는지, 지금까지 꽃인 줄만 알았던 하얀 것들이 일제히 '확' 하고 꽃보라처럼 날아올랐습니다. 얼마 지나지 않아 다른 나뭇가지에 꽃이 핀 것처럼 다시 내려앉았습니다.

나중에 알게 된 사실이지만 그것은 하얀 앵무새였습니다. 일본에서는 상상도 할 수 없는 야생의 앵무새가 몇천 마리나 거목에 달라붙어 있던 것입니다.

사람이 없는 나라

잠시 꿈처럼 아름다운 경치에 넋을 잃고 바라보고 있었지만, 언제까지나 그러고 있을 수는 없었습니다. 다시 키 작은 나무가 우거져 있는 수풀을 가로질러 야자나무 숲으로 들어갔다가 원래의 바닷가에 도착했습니다.

"이 해안가를 따라서 쭉 걸어가 보자. 어쩌면 마을 같은 게 나올지도 모르잖아. 토인이라고 해도 모두 식인종이라고 단정할 순 없잖아."

이치로 군의 의견대로 셋은 해안가를 따라서 가능한 한 멀리 걸어가 보기로 했습니다. 우선 오른쪽 길을 따라 바위가 많은 울퉁불퉁한 길을 5,600미터 정도 걸어가니까, 갑자기 평지가 끝나고 험악한 바위산이 솟아올라 있어 바다를 향한 쪽은 발 디딜 곳이 하나도 없는 절벽이 나왔습니다. 일단 그쪽으로 더 나아가는 걸 미루고 다시 원래 장소로 돌아왔습니다. 이번에는 왼쪽으로 해안가를 따라 걸어가 봤습니다. 하지만, 30분 정도 걸어가니까, 이쪽도 오른쪽과 마찬가지로 높은 바위산으로 길이 이어지는 걸 확인했습니다.

"아아, 우리는 참 운이 좋았던 거구나. 보트가 조금이라도 다른 방향으로 떠밀려 갔다면 이런 절벽이 나왔을 텐데. 절대로 살아났을

리가 없어."

데쓰오 군이 말한 대로 얕은 해안으로 된 평평한 바닷가는 셋이 표착한 2킬로미터 정도의 구간뿐이었고 그 외 나머지 부분은 끔찍한 절벽이 한없이 이어져 있었습니다.

바위산은 점점 높은 산이 되었고 안쪽 깊숙이까지 이어져 있으므로 산을 돌아서 갈 수도 없습니다. 건너편으로 가려면 어떻게 해서든 험난하고 위험한 바위산을 기어오를 수밖에 없습니다.

셋은 아까부터 뜨거운 햇볕에 그을리면서 걸었기 때문에 완전히 녹초가 되었고 목도 말랐습니다.

"있잖아, 조금 쉬었다 가자. 나 야자 열매즙을 또 마시고 싶어졌어."

다모쓰 군이 다시 앓는 소리를 냈습니다. 야자수 숲은 그곳까지도 이어져서 해안가에서 100미터 정도 숲 쪽으로 가면 맛있는 야자 열매가 많이 열려있습니다.

이치로 군이나 데쓰오 군도 같은 생각이었기 때문에 바로 찬성한 뒤 해안가를 뒤로하고 바위산 둘레를 따라서 야자수 숲으로 걸어갔습니다만, 숲 입구에 다다랐을 때, 갑자기 데쓰오 군이 소리쳤습니다.

"야, 봐 봐. 저기에 커다란 동굴이 있어. 뭐지?"

자세히 보니, 정말로 바위산 기슭의 조금 파인 곳에 커다란 동굴이 새까만 입을 벌리고 있는 것입니다.

"동물이 살고 있을지도 몰라."

다모쓰 군은 일찌감치 도망갈 자세를 취하고서는 멋쩍음을 숨기려고 이상한 몸짓을 하면서 깜짝 놀란 얼굴로 말했습니다.

그 말을 듣고 나머지 둘도 멈추어 선 그대로 1분 정도 가만히 동굴을 쳐다보다가 마침내 이치로 군이 안심한 듯한 목소리로 말했습니다.

"괜찮아, 괜찮아. 저기 봐. 뽀빠이가 저렇게 얌전히 있잖아. 만약 저 속에 생물체 같은 게 있다면 뽀빠이가 가만히 있을 리가 없지. 그러니까 괜찮아. 우리 저 동굴 속을 한 번 탐험해보자."

이치로 군은 이런 일에 꽤 생각이 깊었으며 셋 중에서는 가장 용기 있고 결단력도 뛰어난 편이었습니다. 이치로 군은 잭나이프를 꺼내 만에 하나를 대비해 자세를 취하면서 앞장선 채로 동굴에 다가가 잠시 그 안을 들여다보았습니다. 그리고 마침내 깜깜한 구멍 속으로 모습을 감추고 말았습니다. 그러자 그를 따라서 뽀빠이도 기운 좋게 동굴 속으로 뛰쳐 들어갔습니다. 잠시 후 이치로 군의 모습이 구멍 입구에 다시 나타났고, 그는 큰 소리로 나머지 소년들을 불러 모았습니다.

"어이, 빨리 와. 멋있는 집을 찾았어. 우리 이 동굴을 집으로 만들면 좋을 거 같아."

"아무것도 없지?"

다모쓰 군은 아직 벌벌 떨고 있습니다.

"있을 리가 있겠어. 벌레 한 마리도 없는걸. 이 안은 시원한데다가 정말로 기분이 좋아."

다모쓰 군과 데쓰오 군은 갑자기 뛰어서 동굴 속으로 들어갔습니다.

"야, 멋있다. 정말 방처럼 되어 있네."

다모쓰 군은 동굴 속을 둘러보고서 신이 났습니다.

거기는 4평 정도의 넓이에 천장까지의 높이는 2미터 정도, 바닥

은 거의 평평해서 바위로 만들어진 방이라고 해도 좋을 정도로 셋이
서 살기에는 딱 안성맞춤인 장소였습니다.

"차가워서 느낌이 좋다. 난 여기서 자야지."

다모쓰 군이 천진난만한 얼굴로 바위 땅바닥에 엎드려 눕더니 양
팔로 턱을 괴면서 양다리로 발장구를 쳐보았습니다.

이치로 군과 데쓰오 군도 웃으면서 바위벽에 기대 다리를 쭉 펴
고 피로를 풀었습니다. 뽀빠이도 그 모습을 흉내 내며 차가운 바위
위에 몸을 길게 늘어트리고는 엎드렸습니다. 셋은 잠시 목이 마른
것도 잊고 그 훌륭한 주택을 찬양하였습니다.

"오늘 밤은 여기서 자기로 하자. 여기라면 괜찮아. 저 입구 구멍
을 뭔가로 막아놓으면 어떤 맹수라도, 야만인이라도, 우리를 어떻게
할 수는 없을 거야. 비가 와도 괜찮고."

"아, 그러네. 이건 바위로 만든 우리들의 성이야."

"보초로 뽀빠이라는 든든한 녀석도 있고."

셋은 다 같이 이런 이야기를 하면서 이걸로 일단 안심할 수 있겠
다며 가슴을 쓸어내렸습니다.

"하지만, 나는 한 가지 걱정거리가 있어."

잠시 후, 데쓰오 군이 생각에 잠긴 얼굴로 말을 꺼냈습니다.

"어? 걱정거리라니?"

다모쓰 군이 숙이고 있던 얼굴을 휙 들어 올리고는 눈썹을 찌푸
리면서 되물었습니다.

"너희는 야만인, 야만인이라고 말하지만, 여기에는 야만인조차도
없는 건 아닐까 하는 생각이 들어서."

"야만인이 없으면 오히려 좋은 거 아냐?"

"그렇지 않아. 야만인이라 해도 인간이 있어 주면 우리는 어떻게 해서든 살아날 가능성이 있겠지만 인간이 한 명도 없다면 우리는 로빈슨 크루소의 이야기[6]와 똑같이 돼버릴 거야. 로빈슨 크루소는 외로운 무인도에서 25년이나 혼자 있었어. 25년 만에 그 플라이데이라는 야만인을 부하로 만들고는 겨우 둘이 된 거야. 그리고 발견돼서 영국 본토로 돌아간 건 35년째란 말이야."

"그럼 너는 여기가 무인도라는 거야?"

"응, 그렇지 않나 싶어. 이렇게 걸어 다녔는데 한 사람도 보지 못했어. 모래 위에 사람 발자국도 없었잖아. 어디를 봐도 사람이 사는 집 같은 건 없고 연기도 피어오르지 않는 데다가 마치 죽은 것처럼 조용하잖아. 무인도가 아니라고 해도 사람이 사는 곳에서부터 아주 멀리 떨어져 있는 거야."

"만약 무인도라면 우린 어떻게 되는 거야?"

"세 명의 로빈슨 크루소가 되는 거지."

그대로 대화가 끊어지고 셋 다 불안한 눈길을 주고받으며 잠자코 있었습니다.

독자 여러분, 이때 소년들의 심정이 어땠을까요? 로빈슨의 이야기는 읽거나 들어보면 아주 재미있을 것 같지만, 만약 자신이 그런 처지에 놓인다면 어떻겠습니까.

아버지나 어머니는 일본에 계시는데 거기로 가는 것도 편지를 보내는 것도 못 합니다. 선생님과 친구들도 만날 수 없습니다. 그것도 한 달이나 두 달이 아닙니다. 로빈슨은 35년이나 섬에서 빠져나올 수 없지 않았습니까. 35년이면 세 소년이 청년이 되고 어른이 되어서 현재의 아버지보다도 더 나이를 먹게 됩니다. 그 길고 긴 시간을 오로지 셋이서 이 세상 아무도 모르는 외딴 섬에서 살지 않으면 안 된다는 겁니다.

로빈슨은 마지막에 본국으로 돌아갈 수 있어서 다행이었지만, 만약 이곳이 배가 근처도 지나가지 않는 무인도라면 셋은 살아 있는 동안 일본으로 돌아갈 수 있을지 어떨지도 모르는 겁니다.

세 소년 앞에서 갑자기 인간이 사는 세계가 사라져 버린 겁니다. 세계에는 많은 인간이 북적거리면서 살고 있는데 그 사람들에게 현재 자기가 처한 상황을 알리는 것도, 도움을 요청하는 것도 할 수 없는 겁니다. 마치 전혀 다른 세계로⋯⋯ 그러니까, 예를 들어서 달나라로 유배 간 것 같겠죠.

셋은 이런 생각이 들자 뭐라 말할 수 없는 외로움을 느꼈습니다. 외롭기보다는 두려운 겁니다. 마음속 깊은 곳이 싸늘하게 느껴질 정도의 두려움입니다.

햇살이 쨍쨍하게 비치고 있습니다. 하늘은 맑고 파랗습니다. 모래는 새하얗게 반짝이고 있습니다. 바다는 활같이 굽은 수평선을 그리면서 한없이 펼쳐지고 있습니다. 뒤쪽의 산에는 푸른 숲이 끝없이 이어지고 있습니다. 그것은 우리가 사는 세계랑 같습니다만, 단 한 가지 부족한 것이 있습니다. 인간입니다. 인간이 전혀 없는 세계라니 생각만 해도 끔찍하지 않습니까?

셋은 오랫동안 한마디도 하지 않고 가만히 생각에 잠겼습니다. 그러다 가장 마음이 다부진 이치로 군이 마음을 가다듬은 듯이 불쑥 고개를 들었습니다.

"그만두자. 아직 무인도인지 어떤지 확실히 알지도 못하면서 쓸데없는 걱정을 하는 건 그만두자. 만약 무인도라고 해도 우리는 셋이잖아. 외톨이였던 로빈슨 크루소하고는 달라. 셋이 힘을 합쳐서 서로 도우면 아무리 어려운 일도 무서운 일도 견뎌낼 수 있을 거야.

그리고 더 좋은 얘기를 해줄까. 만약 이 섬이 무인도라면 우리는 여기를 점령해서 왕이 될 수 있잖아. 왕이 돼서 이 섬을 통치하고 일본 국기를 세울 수 있는 거야. 멋있잖아. 그렇지, 데쓰오 군. 그렇지 않아? 다모쓰 군. 창피하게 울상 짓지 마. 자, 기운 내고 다시 나무에 올라가서 맛있는 야자열매를 따 줘."

"응. 네 말이 맞아. 이치로 군은 역시 훌륭해. 나도 생각을 바꿀래. 로빈슨을 본받을 거야. 로빈슨은 혼자서 배도 만들고 벼도 심고 목장까지 만들어서 무인도를 완전히 살기 좋은 곳으로 바꿔 버렸잖아. 우리도 그렇게 하자. 자, 다모쓰 군, 빨리 야자 열매를 따 줘. 그리고 배가 차면 셋이서 천천히 앞으로의 계획을 얘기해보자."

데쓰오 군도 풀이 죽은 다모쓰 군을 격려하듯이 말했습니다.

다모쓰 군도 '장난꾸러기 다님'이라는 별명 때문에라도 언제까지나 울상을 짓고 있을 수는 없습니다. 갑자기 뿅 하고 일어서더니,

"그래. 그럼 너희들도 밑에서 잘 받아줘야 해."

라고 소리 지르는가 싶더니 토끼처럼 동굴 밖으로 뛰쳐나갔습니다.

그리고 셋은 다시 맛있는 야자 열매즙을 빨았습니다만, 마침 대낮이어서 밖을 걷기에는 너무 더운 탓에 어떻게 할 수가 없었고 밤에 무슨 일이 일어날지 모르니까 지금 미리 자두기로 하였습니다. 셋은

시원한 동굴 안에 누워서 세 시간 정도 낮잠을 푹 잤습니다.

그리고 눈을 떴을 때는 태양도 서쪽으로 기울고 바닷가 모래의 반사열도 어느 정도 약해져서 셋은 우선 거기 있는 바위산에 올라가 보기로 했습니다. 바위산 위에서 주위를 둘러보면 섬의 모습을 더 잘 알 수 있고 사람이 살고 있는지 어떤지도 확인할 수 있을 거로 생각했기 때문입니다.

바위산은 꽤 가팔랐지만 울퉁불퉁한 곳이 많아서 손과 발로 기어 올라가면 오르지 못하지는 않았습니다. 선두를 맡은 것은 나무타기 선수인 다모쓰 군입니다. 역시 선수라고 불릴 만큼 가볍게 바위에서 바위로 모서리를 타고 올라갔습니다. 마치 원숭이 같았습니다. 그 뒤를 이치로 군이 따랐고 꼴찌는 힘이 약한 데쓰오 군이었습니다.

"어이, 빨리, 빨리. 큰일 났어. 커다란 배가 저기. 저기, 옆으로 쓰러져서 물에 잠겨있어. 빨리 와서 봐 봐."

어느샌가 정상에 오른 다모쓰 군이 커다란 목소리로 외쳤습니다.

"어? 배라고?"

"응, 커다란 범선이야. 엉망진창으로 부서져 있어. 어머, 빨리 와 서 봐 봐."

이치로 군과 데쓰오 군은 이 놀라운 소식에 갑자기 기운이 나서 서둘러 정상으로 기어 올라가 다모쓰 군이 가리키는 방향을 내려다 봤습니다.

바위산에서 바다로 향한 쪽은 아까도 말한 대로 높은 절벽이고 쭉 저쪽까지 이어져 있습니다. 절벽 바로 앞의 바다 표면에는 크고 작은 다양한 모양의 바위가 뾰족뾰족 바위 머리를 내놓았는데 거기에 파도가 부딪쳐서 하얀 거품이 일고 있었습니다. 그중 큰 두 개의 바위 사이에 한 척의 커다란 범선이 끼인 채 침몰해있었습니다.

돛대는 부러졌고 갑판에는 엉망진창으로 부서진 여러 가지 도구들이 흩어져 있었습니다. 선체의 3분의 2는 바다에 잠겨 뱃머리 쪽만이 바다 표면 위로 튀어나와 있습니다.

"어제 태풍에 당했나 보다. 우리도 여기로 떠밀려 왔으면 저 배하고 똑같은 일을 당했을 거야."

다모쓰 군이 그답지 않게 침착한 목소리로 말했습니다.

"커다란 범선이라고 해서 나는 해적선인 줄 알았는데 그건 아닌 거 같네."

"응, 전혀 달라. 해적선은 더 컸고 색깔도 달라."

그때, 가만히 침몰선을 바라보고 있던 데쓰오 군이 처음으로 입을 열었습니다.

"우리 저 배에 가보지 않을래? 혹시 저 안에 아직 살아 있는 사람이 있으면 구해줘야지."

"하지만, 어떻게 가려고? 이 험난한 절벽을 내려가는 건 도저히 무리야."

"보트를 타고 가면 돼. 우리 보트는 모래에 파묻혀있지만, 아직 부서진 건 아니니까."

"아아, 그러네. 하지만 노가 없잖아. 하나는 놓쳐버렸고 나머지 하나도 폭우로 없어져 버렸어."

"이치로 군의 잘 드는 잭나이프가 있잖아. 그걸로 적당한 나무를 잘라서 노를 만들면 돼."

"야, 그건 큰일인데. 노를 만들게 되면 하루 이틀은 걸릴걸."

"그건 그렇지. 하지만 이틀 걸려도 사흘 걸려도 우리한테는 그거 말고는 다른 방법이 없으니까. 노를 만드는 방법밖에 없어. 로빈슨을 봐. 4개월이나 걸려서 통나무배를 만들었잖아."

결국, 데쓰오 군의 의견을 따라서 노를 만들기로 결정했습니다. 이 얼마나 느긋한 이야기일까요. 하지만 소년들에게는 그것 말고는 다른 방도가 없었던 것입니다.

[원주]

6 영국 작가 디포(Daniel Defoe)의 장편소설로 원제목은 『로빈슨 크루소의 생애와 이상하고 놀라운 모험(The Life and Strange Surprising Adventures of Robinson Crusoe)』(1917)이다. 영국의 선원 크루소가 난파하여 무인도에서 28년간 생활한 모습을 그리고 있다. 다음 페이지에서 35년간 섬 밖으로 나갈 수 없다고 되어있는데 이것은 란포의 착각이다.

난파선

　도구라고는 잭나이프 한 자루밖에 없었기 때문에 그 고생은 이루 말할 수 없었지만 그래도 온종일 걸려서 겨우 노 같은 모양을 한 나무 조각 두 개를 만들 수 있었습니다.

　그리고 보트를 바다에 띄우고 침몰선을 향해서 노를 젓기 시작한 것은 셋이 섬으로 표착한 다다음 날 아침이었습니다. 그 사이, 소년들은 하루에 몇 번이곤 야자 열매를 따서 허기를 채운 뒤 한낮의 더울 때와 어두운 밤에는 동굴 안의 딱딱한 바위 위에 벌러덩 누워 잤습니다. 맹수한테 습격을 당하면 큰일이기에 동굴 입구에는 숲에서 잘라 온 나무로 울타리 같은 걸 만들어서 문을 대신했습니다.

　이틀 사이에 여러 가지 무서운 일이나 이상한 일도 있었습니다만, 그걸 일일이 다 적으면 중요한 이야기가 늦어짐으로 아쉽지만 그런 사건들은 생략하기로 하겠습니다.

　세 소년은 아침에 바다가 조용할 때를 골라 보트를 바다에 띄우고 이상한 모양의 수제 노를 저으며 절벽 밑에 있는 난파선에 다가갔습니다.

　가까이 가서 보니 그것은 예상외로 커다란 범선이었고 뱃머리 부분이 3분의 1 정도 옆으로 바다 표면에서 튀어나와 있어서 기묘한 삼각형의 탑처럼 하늘을 향해서 우뚝 솟아있었습니다.

그 주변은 바위가 많고 파도가 거친 장소였지만 지금은 파도가 전혀 없어서 바닷속 깊숙이까지 다 내려다보였습니다. 아름다운 파란 물이 기분 나쁠 정도로 잠잠했습니다.

"여보세요……."

이치로 군이 보트 속에서 힘을 주어 커다란 목소리로 침몰선을 향해서 외쳤습니다. 배 속에 누군가 살아 있을지도 모른다고 생각했기 때문입니다. 하지만 두세 번 외치고 잠시 기다렸지만 아무 대답도 없었습니다.

파도도, 바람도 없고 고요하고 잠잠한 바다 표면에 구름 한 점 없는 파란 하늘을 배경으로 아주 먼 옛날의 건물인양 군데군데 무너진 세모 모양의 뱃머리가 바닷물 위로 솟아나 있었습니다. 뭔가 음산했습니다.

"아무도 없나?"

"모두 죽어버린 걸지도 몰라."

"기분 나쁘다."

셋은 소곤소곤 속삭이고는 서로 얼굴을 쳐다보고 있었지만, 언제까지나 그러고 있을 수만은 없어서 과감히 배 속을 조사해보기로 했습니다.

보트를 난파선에 가까이 대고 심하게 경사진 언덕길처럼 기울어져 있는 갑판 위에 한 명씩 기어 올라갔습니다. 갑판은 태풍 때문에 어지럽혀져 있었고 선내로 내려가는 해치 뚜껑도 어디론가 날아가

버려서 움막 같은 입이 뻥 뚫려있었습니다.

셋은 음산한 기운을 참고 경사가 급한 해치 사다리를 타고서 어두운 선내로 내려갔습니다. 그리고 당장이라도 시체에 부딪히는 건 아닌가 하고 부들부들 떨면서 복도 같은 곳이나 작은 선실 등을 하나씩 차례대로 둘러보았습니다. 바닥이 모두 심하게 경사져 있었기 때문에 서서 걸을 수는 없었습니다. 물건을 붙잡거나 기어가다시피 하면서 둘러본 것입니다.

하지만 신기하게도 혹시나 했던 시체는 아무 데도 보이지 않았습니다. 물론 살아 있는 사람의 그림자도 보이지 않았습니다. 물에 잠겨있는 선미 부분은 들어갈 수 없었지만 그래도 들여다봤을 때 그쪽에도 시체 같은 건 없어 보였습니다.

"이상하네. 어떻게 된 거지? 이건 몇 년 전에 가라앉은 배인가?"

이치로 군이 신기하다는 듯이 속삭였습니다.

"그럴 리가 없어. 여기 있는 도구들은 아직 새것 같으니까, 그렇게 오래된 침몰선은 아닐 거야……. 아, 알았다. 분명히 그럴 거야. 이 배가 바위에 부딪혀서 가라앉았기 때문에 선원은 모두 보트를 타고 도망 나온 거야. 그리고 그 보트가 다시 전복해서 한 명도 남김없이 모두 죽은 건지도 몰라."

데쓰오 군이 가장 그럴싸한 의견을 제시했습니다. 그렇군요. 그렇게밖에 생각할 수가 없었습니다.

그러자, 그때, 건너편 방에서 장난꾸러기 다모쓰 군이 크게 소리치고 있는 것이 들렸습니다.

"어이, 좋은 걸 발견했어. 빨라 와서 봐 봐. 어서, 어서."

둘은 무슨 일인가 싶어 서둘러서 그 방으로 들어가 봤습니다. 그곳은 이 배의 조리장인 것 같습니다. 벽에 다양한 모양의 냄비가 걸려있고 개수대 같은 것도 있고 커다란 찬장 속에는 찻잔이나 접시나 컵 등이 산산이 부서져서 뭉쳐있는 것이 보였습니다. 다모쓰 군은 그 찬장 옆에 있는 네모난 나무로 만든 상자 뚜껑을 열고 안을 들여다보고 있었습니다.

"여기야. 여기. 봐 봐. 쌀이 가득 있어. 그리고 저 주머니 안에는 밀가루가 잔뜩 들어있어. 우리는 드디어 식량을 발견한 거야."

둘은 엉겁결에 달려가서 상자 속의 쌀을 두 손으로 퍼 보았습니다. 물이 조금도 묻지 않은 보슬보슬한 새하얀 쌀이었습니다.

"와, 신난다. 맛있어 보인다."

달달한 야자 열매밖에 없었고 그것도 이젠 지긋지긋해졌던 소년들은 오래간만에 쌀을 보고 얼마나 기뻤을까요.

쌀을 보고 기운이 난 셋은 그때부터 물에 잠기지 않은 곳을 샅샅이 뒤져서 섬 생활에 필요한 여러 가지 물건들을 찾았습니다.

그리고 물건을 모두 정리해 놓고는 당장 필요한 것만 보트에 싣고 일단은 해변으로 돌아가기로 했습니다. 보트에 실은 물건들을 표로 나타내면 다음과 같은 것들입니다.

○백미 한 상자(20킬로그램 정도) ○밀가루 한 봉지 ○포도주 두 병 ○소금이 들어간 커다란 항아리 한 개 ○설탕 항아리 한 개 ○소스 한 개 ○철제 냄비 크고 작은 거 두 개 ○가장자리가 깨진 밥그릇이나 컵 등 몇 개 ○포크, 나이프, 숟가락 등 몇 개 ○항해일지가 적힌

커다란 장부 한 권 ○펜, 연필 몇 자루 ○파랑과 빨강 잉크 병 각각
한 개 ○탁자 시계 한 개 ○쌍안경 한 개 ○자석 한 개 ○양동이
두 개 ○커다란 식칼 두 개 ○촛불 몇 자루 ○사냥총 한 자루 ○권총
한 자루 ○이들 총의 탄환 수십 발 ○낚시 도구 일체 ○하얀 마로
된 테이블보나 시트 몇 장 ○마로 된 끈과 밧줄 각각 한 묶음씩 ○재
봉용의 실과 바늘.

　그 외에도 자질구레한 것이 있었습니다만 다 쓸 수는 없습니다.
　조리장에는 빵이나 육류, 채소, 과일 등도 남아 있었습니다만, 모
두 썩거나 곰팡이가 피어서 아무 쓸모가 없었습니다.
　이 난파선도 역시 지나인의 배였습니다. 뱃머리에 새겨진 배 이름
이 어려운 한자였고 실내에 있던 책이나 항해일지, 그 외 남아 있는
옷가지로 봐서 선원이 지나인이었다는 걸 알 수 있었습니다. 하지만
세 소년이 유괴당한 그 해적선은 아니었습니다. 해적선이 침몰했다
면 쌤통일 텐데 모든 일이 원하는 대로 이루어지지는 않는 법입니다.
　소년들은 얼마나 큰 수확을 얻은 걸까요. 아침 시간에 잠시 일하
고서는 가재도구부터 식량까지 모두 갖춰버린 것입니다. 무일푼의
거지가 갑자기 갑부가 된 거 같습니다. 세 소년은 마치 도깨비 섬에
서 개선한 모모타로* 같은 기분으로 힘차게 교가를 합창하면서 물
건들을 담은 보트를 모래사장 쪽으로 저어갔습니다.

....
* 　모모타로(桃太郎)는 일본 전설의 대중적인 영웅으로 복숭아에서 태어난 남자아이가
　　인간을 괴롭히는 나쁜 도깨비가 사는 오니가시마(鬼ヶ島)라는 섬에 가서 도깨비들을
　　축출하고 돌아온다는 이야기이다.

불과 물

그로부터 30분 후 난파선에서 갖고 돌아온 물건들이 동굴 집 안에 가지런히 나열되었습니다.

"멋있다. 드디어 우리들의 집이 됐네. 무기도 있고 우리 생활을 기록해서 적어 놓을 종이나 펜도 있고 잘 때의 시트도 생겼고 식량은 충분히 있는데다가 낚시나 바느질 도구까지 갖춰졌잖아. 이걸로 더는 걱정할 건 없어."

이치로 군이 그 물건들을 둘러보고 기쁜 듯이 말했습니다.

"그러네. 우리가 드디어 섬의 왕이 된 거야."

다모쓰 군도 어깨를 들썩이면서 대답했습니다. 하지만 데쓰오 군만은 어딘가 곤란한 얼굴을 하고

"하지만, 난 한 가지 아쉬운 점이 있어."

라고 말했습니다.

"어? 왜 그래? 뭐가 아쉬운데."

다모쓰 군이 데쓰오 군의 얼굴을 들여다보면서 물었습니다.

"성냥을 구할 수 없었잖아. 너희도 알다시피 그 조리장에 있던 성냥은 모두 물에 잠겨서 쓸모가 없었어. 다른 방도 꽤 찾아봤는데

어디에도 성냥이 없었어."

"아, 그러네. 성냥이 없는 건 정말 아쉬워. 다시 매일 밤 깜깜한 데서 지내지 않으면 안 되는구나."

이치로 군도 난처하다는 듯이 팔짱을 꼈습니다.

소년들은 맹수를 피하기 위해서는 모닥불을 피우는 것이 가장 좋다는 것을 소년 잡지에서 읽어서 잘 알고 있었습니다. 어제는 노를 만들면서 이에 관해서 여러 번 이야기도 나누고 소년 잡지에서 배운 지혜로 야만인이 불을 지피는 방법을 흉내 내보기도 했습니다.

딱딱한 나무 막대기 끝을 깎아서 뾰족하게 만든 다음 나무 널빤지에 대고 송곳으로 비비는 것처럼 빠르게 돌리면 나무와 나무의 마찰로 열이 생깁니다. 거기에 잘 말린 마른 풀을 갖다 놓으면 그것이 타서 불이 붙는 겁니다.

소년들은 이런 나무 막대기를 여러 개 만들어서 모두 손바닥이 아플 정도로 여러 번 시도해 봤습니다. 하지만 아무리 해도 성공하지 못했습니다. 나무 널빤지와 막대기 끝이 뜨거워지기는 했지만 힘이 모자란 탓인지 좀처럼 불이 붙지 않습니다. 불을 만들기 위해서는 뭔가 특별한 나무가 아니면 안 될지도 모릅니다. 혹은 불을 붙게 하는 건초도 불이 잘 붙는 풀이 아니면 안 될지도 모릅니다. 소년들은 몇 번이나 시도했지만, 불이 붙지 않아서 결국 그 방법을 포기하고 말았습니다.

이렇게 여러 가지 물건을 손에 넣을 수 있었는데 성냥만 없는 것은 실로 아쉬운 일이었습니다. 그중에서도 생각이 깊은 데쓰오 군은 누구보다도 그 사실을 아쉬워했습니다.

"끙끙거려봤자 소용없어. 그것보다 빨리 밥을 먹어보자. 하얀 쌀밥, 맛있겠다……. 너희들도 배가 고프지?"

천진난만한 다모쓰 군은 참을 수 없다는 말투로 재촉했습니다. 해적선에서 비스킷과 바나나를 가지고 나온 다모쓰 군입니다. 먹는 것에 있어서는 누구보다도 열심입니다.

"다시 다님의 먹보가 시작됐네. 야, 그런 말 해도 소용없어. 밥을 어떻게 지을 건데. 불이 없으면 밥을 만들 수 없잖아."

이치로 군이 다그치듯이 말하자 다모쓰 군도 앗, 하고 깨달은 듯이 머리를 갸우뚱거렸습니다.

"아, 그렇지. 이거 곤란한데. 어이, 데쓰오 군, 네 지혜로 생각 좀 해봐. 불 없이도 밥을 짓는 방법이나 아니면 성냥이 없어도 불을 지피는 방법이라도 좋으니까."

"응, 나도 지금 그 생각을 하고 있었어."

데쓰오 군은 다모쓰 군의 농담에 진지한 얼굴로 대답했습니다. 그리고 다시 말을 이었습니다.

"하지만, 아직 부족한 것이 있어. 불만으로는 안 돼. 물이 없으면 밥은 지을 수 없어."

"아, 그러네. 우린 물도 없었지."

다모쓰 군이 다시 손을 머리에 갖다 대고 눈 앞에 펼쳐진 바닷물을 원망스러운 듯이 바라보았습니다.

그러고 보니 셋 다 어제부터 참을 수 없을 만큼 목이 말랐습니다. 야자 열매도 처음에는 맛있었지만, 그것만 먹으니까 입안이 달아져서 아무 맛도 안 나는 물이 마시고 싶어서 어쩔 수 없었습니다. 난파선의 조리장에는 커다란 물통이 있었습니다만, 밑바닥이 깨져서 안에 있던 물이 모두 다 빠져 있었습니다.

"아아, 물 마시고 싶다."

천진난만한 다모쓰 군은 생각난 것을 뭐든지 그대로 입으로 뱉었습니다.

나머지 둘도 그 말을 듣자, 갑자기 목이 말라오는 것 같은 느낌이 들었습니다. 그리고 그 수도나 우물에 넘쳐나는 아무런 가치도 없어 보이는 물이 얼마나 귀중한 것인지를 확실히 알게 되었습니다. 지금의 셋에게는 그 어떠한 진수성찬이라도, 과일이라도, 과자라도 그 투명하고 차가운 물만 못할 것처럼 느껴졌습니다.

"물도 불도 일본에 있을 때는 아무것도 아닌 것처럼 생각했었는데 정말로 귀중한 것이었구나."

이치로 군이 깊이 감동한 듯이 속삭였습니다.

"응, 그렇지. 만약 내가 부자라면 지금 컵에 물 한 잔을 준다면 1만 원이라도 내줄 거야. 성냥도 마찬가지야. 성냥 한 개비가 1만 원이라고 해도 싼 거지."

다모쓰 군이 진지한 얼굴로 말했습니다.

소년들은 공짜라고 생각했던 물이나 불이 인간에게 있어서 얼마나 중요한 것이었는지 지금에 와서야 실감할 수 있었습니다.

"하지만, 물은 찾으면 분명히 어딘가 있을 거야. 저렇게 높은 산이나 숲이 있는데 강이 흐르지 않을 리가 없어. 조금 더 자세히 숲속을 찾아보면 강이나 샘물이 틀림없이 있을 거야."

데쓰오 군이 말하자, 다모쓰 군이 바로 그 말을 받고는 갑자기 힘찬 목소리로 말했습니다.

"그래, 조금 더 잘 찾아보면 될 거야. 그럼 우리 지금부터 강을 찾으러 가자. 저 총을 갖고 말이야. 맹수를 만나게 되면 큰일이니까……. 이치로 군, 너 아버지 따라서 사냥을 하러 자주 가봤으니까 총 쏘는 법 알고 있지?"

"응, 알고 있어. 총을 갖고 가자."

"그럼, 너희 둘이서 갔다 와. 내가 그사이에 불을 지펴 놓을게."

데쓰오 군이 의외의 말을 했습니다.

"어? 불을? 너 무슨 생각이 있는 거야?"

"응, 조금 생각 난 것이 있어. 너희들이 돌아올 때까지 불을 피워 볼게."

데쓰오 군이 자신만만하게 방긋 웃으면서 대답했습니다.

이치로 군과 다모쓰 군은 뽀빠이를 데리고 강을 찾으러 숲속으로 가기로 했습니다. 둘은 강을 잘 찾을 수 있을까요? 아니, 그것보다도 데쓰오 군은 도대체 어떤 방법으로 불을 피울 생각일까요? '성냥 없이도 불을 피우는 법'이라니 그런 마법 같은 일이 정말로 가능할까요?

일장기

　홀로 동굴에 남은 데쓰오 군은 무슨 생각이 들었는지 난파선에서 갖고 온 쌍안경을 손에 쥐고 한참을 생각에 잠겼습니다. 이윽고,

　"쌍안경도 중요하지만, 뭐, 상관없겠지. 한쪽을 부숴도 나머지 한쪽으로 볼 수 있으니까."

　라고 혼잣말을 하면서 뭔가를 결심한 듯이 거기에 있던 식칼을 집어 들고는 갑자기 쌍안경의 한쪽 틀을 부수기 시작했습니다. 데쓰오 군은 이런 난폭한 짓을 해서 도대체 뭘 하려고 하는 걸까요?

　하지만 부순다고 해도 깨부수는 것이 아니라 마치 기계를 분해하는 것처럼 금속이나 렌즈에는 되도록 상처를 입히지 않기 위해 조금씩 풀어가고 있었습니다. 꽤 번거로운 작업이어서 한쪽 통이 완전히 분해될 때까지 30여 분이나 걸렸습니다.

　데쓰오 군은 그렇게 분해한 틀에서 한 장의 볼록 렌즈를 꺼내서 그것을 소중하게 손에 쥐고 동굴 밖으로 나갔습니다.

　동굴 근처의 모래사장에는 오전의 일광이 눈부시게 내리쬐고 있었습니다. 데쓰오 군은 어제 야만인의 방법으로 불을 피우려고 사용한 건초나 나무 톱밥 등을 주워 와서 반짝반짝 빛나는 모래 위 한곳

에 모았습니다.

독자 여러분, 데쓰오 군은 한데로 모은 건초 위에 쌍안경에서 꺼내 온 볼록 렌즈를 비추어 태양 빛이 건초 한가운데서 초점을 맺을 수 있도록 하고 있었습니다. 인내심을 갖고 손을 움직이지 않고 그대로 가만히 있었습니다.

독자 여러분은 볼록 렌즈를 태양에 비추어 생기는 초점이 물건을 태울 힘을 가지고 있다는 것을 잘 알고 있죠. 똑똑한 데쓰오 군은 이과의 지혜를 응용해서 불을 붙일 생각을 한 겁니다.

조금 있으니 건초가 타닥타닥하고 검게 그을리며 엷은 연기가 피어 올라오기 시작했습니다. 데쓰오 군은 가만히 초점을 맞추고 있었습니다. 그리고 1분 정도 참을성 있게 같은 곳을 태우고 있자, 드디어 검은 그을림 속에서 반짝하고 작은 불씨가 타오르기 시작했습니다.

"됐다!"

데쓰오 군은 자기도 모르게 소리를 질렀습니다. 작은 불씨는 순식간에 퍼져갔습니다. 건초는 불이 돼서 타기 시작했습니다.

데쓰오 군은 급하게 주변에 떨어져 있는 나무 톱밥을 주워 모아 건초 위에 살포시 얹었습니다. 어제 노를 만들었을 때 생긴 톱밥이 많았기 때문에 불만 붙으면 나머지는 식은 죽 먹기였습니다.

그 자그마한 렌즈의 초점으로 만든 불이 커다란 모닥불이 돼서 나무가 타닥타닥 타는 소리와 함께 하얀 연기가 기운 좋게 하늘에 피어올랐습니다.

그렇게 불을 끄지 않도록 주의하면서 30분 정도 기다리고 있으니까, 뒤쪽 숲에서 다모쓰 군의 힘찬 목소리가 울렸습니다.

"와, 타고 있다, 타고 있어. 데쓰오 군, 만세. 우리도 선물이 잔뜩 있어. 깨끗한 시냇물을 찾았어. 차갑고 아주 맛있는 물이야. 너도 빨리 가서 마시고 와. 그리고 또 선물이 있어. 이치로 군이 커다란 사슴을 쐈어."

연거푸 떠들면서 춤추듯이 다가왔지만, 모닥불 앞에 서자 신기한 듯이 타고 있는 나무 톱밥을 멍하게 들여다보면서 기쁨의 환호성을 질렀습니다.

이치로 군도 총을 어깨에 짊어지고 돌아왔습니다. 뽀빠이도 시냇물을 잔뜩 마신 탓인지 무서울 정도로 기운이 나 보였고 그 주변을 신나듯이 뛰어다녔습니다.

독자 여러분, 이제부터 무엇이 시작된다고 생각하세요? 세 명의 소년들은 갑자기 요리사로 변신했습니다. 한 명은 양동이를 들고 시냇가로 물을 길으러 달려갔고 한 명은 흙을 빚어서 모양이 이상한 아궁이를 쌓습니다. 한 명이 큰 냄비에 쌀과 물을 넣고 달그락달그락 휘저으면 한 명은 갓 만들어진 아궁이 밑으로 마른 나뭇가지를 쌓아서 불을 태웠습니다.

한쪽에서는 이치로 군이 잡은 사슴 고기를 잘라 나뭇가지를 깎아서 만든 꼬치에 찔러 모닥불 위에서 굽기 시작합니다. 조용히 하는 것이 아닙니다. 모두가 교가를 합창하거나 농담을 말하거나 웃고 소리 지르고, 그 어수선함은 이루 말할 수 없었습니다.

그렇게 해서 겨우 진수성찬이 완성되었습니다. 사슴 고기구이에 소스를 뿌리고 김이 오르는 하얀 밥을 먹었을 때의 맛이란. 밥은 잘 지어진 것 같지는 않았습니다만, 그래도 셋에게는 그 맛을 평생

잊을 수 없을 정도였습니다. 물론 뽀빠이도 배불리 먹은 것은 말할
필요도 없습니다.

식사를 다 마쳤을 때는 너무 많이 먹은 탓에 셋 다 움직이는 것이
귀찮아지고 말았습니다. 마침 오후 해가 질 무렵이기도 해서 잠시
시원한 동굴 속에서 쉬기로 했습니다.

그리고 천천히 쉬면서 앞으로의 일을 상의했는데 그때 이치로 군
에게 한 가지 좋은 생각이 떠올랐습니다.

"이 테이블보의 하얀 천으로 국기를 만들지 않을래. 우리가 깎은
노에 매달아서 저 바위산 꼭대기에 세우는 거야. 그러면 멀리 지나
가는 배도 국기가 보일 거 아니야. 여기에 일본인이 있다는 표시지.
이런 무인도에 일본 국기가 서 있는 게 이상하다고 생각해서 분명히
보트를 타고 조사하러 올 거야. 그러면 우리는 살아날 수 있어."

"응, 그거 좋은 생각이다. 이 주변을 기선이 지나갈지 어떨지 모
르겠지만, 만에 하나 지나갈 때 우리가 있는지 모르고 그냥 지나쳐
버리면 너무 안타까우니까."

데쓰오 군이 어른스러운 어조로 찬성했습니다.

"나도 찬성. 거기다 우리는 이 섬의 왕인데 국기가 없으면 이상하지."

다모쓰 군도 다모쓰 군다운 의견을 내놨습니다만, 문득 생각 난
듯이,

"국기라면 당연히 일장기지. 이런 하얀 테이블보는 이상하지 않아?"

"물론 일장기를 그릴 거야."

"물감은?"

"어라, 너 벌써 잊어버렸어? 난파선에서 빨간색 잉크병을 갖고 왔

잖아."

"아, 그렇구나. 하지만, 붓이 없어."

"붓은 만들 거야."

이치로 군은 그렇게 말하고 손으로 붓을 만드는 방법을 설명했습니다. 그것은 붓 정도 두께의 나뭇가지를 잘라 그 끝을 나이프로 최대한 가늘게 찢은 다음에 거기를 돌로 두드려서 솔처럼 만드는 방법입니다.

한숨 쉰 다음, 이치로 군이 나뭇가지를 잘라 와서 수제 붓을 만들었습니다. 그리는 것은 손끝이 야무진 데쓰오 군입니다. 우선 테이블보를 적당한 국기 크기로 잘라 그 한 가운데에 빨간 잉크를 모두 사용해서 훌륭한 일장기를 그렸습니다.

그리고 정상의 바위가 벌어진 틈에 노를 꽂아서 쓰러지지 않도록 세 방향에서 나무 막대기로 버팀대를 만들었습니다.

나무를 잘 타는 다모쓰 군이 바위산을 오르내리느라 제일 일을 많이 했습니다만, 마지막에는 뽀빠이한테도 국기 경양을 시키겠다고 개를 안고 바위산을 기어올랐습니다.

일장기는 노로 만든 깃대 위에서 펄럭펄럭 바람에 휘날렸습니다. 새파랗고 넓은 하늘을 배경으로 새하얀 천과 새빨간 일장기, 뭐라 말할 수 없는 아름다움이었습니다.

그것을 보고 있는 동안 가슴 깊은 곳에서부터 '만세'라는 목소리가 올라왔습니다. 양손이 얼떨결에 하늘을 향해서 올라갔습니다. 그리고 목소리를 맞춰서 몇 번이고 몇 번이고 "만세! 만세!"를 반복했습니다. 뽀빠이도 기쁜 듯이 꼬리를 흔들고 이상한 목소리로 짖기 시작했습니다. 목소리가 하나가 돼서 끝없는 창해 위에 울려서 저 멀리 먼바다로 사라지는 것이었습니다.

그날은 아침부터 기쁜 일만 있었기에 소년들은 불행 중에서도 행복한 하루를 보냈지만, 이 기쁨이 언제까지 이어질까요? 즐거운 날 다음에는 전보다 쓸쓸한 날이 찾아오는 겁니다. 소년들의 앞날에는 어떤 끔찍한 운명이 기다리고 있습니다. 진짜 모험은 여기서부터 시작합니다.

데쓰오 군의 두 번째 공로

한 달 정도는 이렇다 할 큰 사건도 없이 지나갔습니다. 무엇보다도 무서운 것은 밤에 자고 있을 때 맹수한테 습격당하는 일이었지만 소년들이 아주 조심해서인지 다행히도 아직 한 번도 그런 일은 일어나지 않았습니다. 하지만 이 한 달 사이에는 여러 가지 힘든 일이나 기분 나쁜 일, 이상한 일이나 즐거운 일이 있었습니다. 그런 일들을 자세히 쓸 여유는 없습니다만 중요한 일만 두세 가지 적어보자면 우선 제일 곤란했던 것은 일주일 정도 지났을 때, 쌀을 다 먹어버린 것입니다. 때때로 보트를 타고 침몰선에 가서 조리장에 있는 쌀을 가지고 왔습니다만 그것도 모두 먹어버렸습니다. 어쩔 수 없이 밀가루로 떡 같은 것을 만들어서 쌀을 대신했습니다만 그것도 이윽고 얼마 남지 않게 되었습니다.

침몰선에서 갖고 돌아온 낚시 도구로 생선을 낚거나 숲속을 걸어다니며 사슴을 쏜다든가 해서 반찬은 잔뜩 있었지만 육류만으로는 밥을 먹은 것 같지가 않았습니다. 아무래도 쌀이나 빵이 없으면 견딜 수가 없었습니다.

어느 날 셋이 숲속을 거닐고 있을 때 우연히 이상한 나무의 열매를 발견했습니다. 파릇파릇한 잎사귀 사이로 동그란 열매 같은 것이 많이 열려있었습니다. 과일이라면 야자 열매로 충분해서 처음에는 쳐다보지도 않았습니다만 다모쓰 군이 장난삼아 나무에 올라가 따 갖고 온 것을 나이프로 잘라보니 속에는 하얀 과육이 가득 차 있었습니다. 그 맛은 다른 과일하고는 달랐습니다.

"아, 어쩌면 이거 빵나무[7] 아닐까?"

척척박사인 데쓰오 군이 외치듯이 말했습니다.

"어? 빵나무라고?"

"그래. 사진으로 본 적이 있어. 만약 이게 빵나무라면 토인들은 이 열매를 흙에 묻어서 쪄먹는다고 쓰여 있었어. 한 번 시험 삼아 해보자."

때마침 쌀이 떨어져서 난처할 때였기 때문에 이치로 군도 다모쓰 군도 바로 찬성했습니다. 열매를 해안 쪽으로 가지고 가서 흙 속에 묻고 그 위에 모닥불을 지피고 시험 삼아 쪄보기로 했습니다.

십 분 정도 모닥불을 지폈더니 흙 속에서 따끈따끈하게 김이 났습니다. 열매를 꺼내서 나이프로 갈라서 먹어보니 이게 웬일인가요. 토스트 한 빵 같은 맛이 나지 않겠습니까.

"멋지다. 멋져. 역시 빵나무였구나. 이제 쌀이 없어도 괜찮겠어. 그 나무라면 지난번에 여기저기서 봤어. 숲속에 얼마든지 있다고."

먹보인 다모쓰 군이 기쁜 듯이 춤추면서 말했습니다.

먹는 것에 관해서는 더는 걱정할 필요가 없어졌습니다. 하지만 먹는 것보다 더 중요한 일이 있었습니다. 그것은 밤의 횃불입니다. 밤에 깜깜하게 하고 자는 건 상관없었습니다만, 무슨 일이 일어났을 때, 언제든지 불을 붙일 수 있도록 불씨를 준비해놓지 않으면 안 됩니다. 볼록 렌즈로 불을 만들 수 있지만 그러기 위해서는 태양이 없으면 안 됩니다. 밤사이라든지 비가 오는 날, 흐린 날을 위해서 아무리 작은 불이라도 끊임없이 태우고 있지 않으면 안 되었습니다.

처음에는 동굴 앞에서 모닥불을 피우고 밤에도 낮에도 온종일 태우기로 했습니다만, 그러기 위해서는 누군가 한 명이 항상 지키고 있어서 불이 꺼지지 않도록 해야 했습니다. 밤에도 자지 않고 지키고 있어야 해서 매우 불편합니다. 게다가 동굴 밖에서 혼자 불을 지키고 있는 것은 불안하기도 했습니다.

"손으로 초를 만들 수 있으면 좋은데."

소년들은 팔짱을 끼고 생각에 잠겼습니다. 그러자 셋의 머리에 서로 맞춘 것처럼 같은 생각이 떠올랐습니다. 그것은 로빈슨 크루소의 이야기였습니다.

"로빈슨은 이럴 때 어떻게 했더라. 스스로 초를 만들지 않았나?"

이치로 군이 척척박사 데쓰오 군의 얼굴을 보고 말했습니다.

"응. 맞아. 하지만 처음에는 초가 아니라 산양의 기름을 짜서 등심을 태우는 기름을 만들었어."

데쓰오 군은 정말로 기억력이 좋습니다.

"아, 그랬었지. 그럼 우리도 사슴 지방으로 기름을 만들 수 없을까?"

"그렇지. 하지만 뭔가 어려워 보이는데……."

데쓰오 군은 한동안 생각을 하다가 뭔가 떠올린 듯이 갑자기 눈을 반짝이면서 힘차게 말했습니다.

"아, 좋은 생각이 있어. 야자 열매의 하얀 과즙 있잖아. 그걸 말리면 기름을 짤 수 있다고 책에 쓰여 있었어. 야자유라고 부르나 봐. 동물 지방보다 그것을 짜내는 게 쉽데."

"아, 그러네. 너는 참 똑똑하다. 뭐든지 알고 있구나. 그러고 보니 학교에서 배운 게 생각났어. 어어, 뭐라고 했더라, 그래그래. 코프라 (copra)라고 했어. 야자 열매를 말린 걸."

"응, 맞아. 하지만 짜내는 방법이 어렵네. 손으로는 안 되고 한 번 도구를 생각해봐야겠다."

데쓰오 군은 재빨리 머리를 굴렸습니다.

진짜 야자유 제조 공장에서는 여러 가지 복잡한 기계를 사용해서 발전된 방법으로 기름을 짜고 있습니다만, 그런 것을 흉내 낼 수는 없습니다. 아무리 똑똑한 데쓰오 군이라도 그 정도로 복잡한 기계에 대해서 알고 있을 리가 없습니다.

"말린 야자 열매를 돌로 두드려서 으깰 수는 있어도 그 방법으로는 손이 너무 가서 안 될 거 같은데. 아, 좋은 생각이 났다. 침몰선에서 가지고 온 양주병이 들어있던 빈 나무통이 있었지. 그걸 사용하면 되겠다. 술통에 말린 야자 열매를 잔뜩 넣고 술통 바닥 가까이에 송곳으로 작은 구멍을 여러 개 뚫어서 위에서부터 눌러 짜면 돼. 그러면 야자 기름이 그 작은 구멍에서 짜여서 나올 거야."

데쓰오 군은 생각하면서 혼잣말처럼 말했습니다.

"왜냐면 위에서 손으로 누르는 거로는 도저히 안 될 거야. 으깰 뿐 아니라 기름을 짜내야 하니까. 도저히 우리 힘으로는 안 될 거야."

이치로 군이 고개를 갸우뚱거리면서 말했습니다.

"그래서 인간의 몇십 배나 되는 강한 힘을 만들어 내는 거지."

데쓰오 군이 새침한 얼굴로 이상한 말을 했습니다.

"응? 인간의 몇십 배나 되는 힘이라고?"

이치로 군과 다모쓰 군이 놀란 듯이 입을 맞춰서 소리를 질렀습니다.

"응, 그래. 별일 아니야."

데쓰오 군은 그렇게 말하고는 자기 생각을 설명했습니다. 그러자 둘은,

"에이 뭐야. 그런 거구나."

라고 말하고 웃었습니다만, 여러분, 이 데쓰오 군의 생각을 알겠습니까? 전기도 증기기관도 없는 무인도에서 인간의 몇십 배나 되는 힘을 만들어 내다니! 그냥 들으면 마치 마법 같다는 생각이 들지 않나요? 도대체 데쓰오 군은 어떤 방법을 생각해 낸 걸까요.

여러분도 한 번 생각해보세요.

그날부터 데쓰오 군은 동굴 앞의 지면을 작업장 삼아 기름 짜기 기계 제조를 시작했습니다. 말하자면 거기가 소년 나라의 제조공장이 된 셈입니다.

데쓰오 군은 두 소년의 도움을 받아서 숲속에서 4미터나 되는 길고 곧바로 뻗은 나무를 한 그루 잘라왔습니다. 가지를 모두 쳐내고 두께도 길이도 지난번에 준비한 노의 두 배 정도나 되는 한 자루의 튼튼한 막대기를 만들었습니다.

막대기를 만드는데, 꼬박 이틀이 걸렸습니다만 다음 날에는 침몰선에서 가지고 온 동굴 속에 보관하고 있던 서양주의 술통을 꺼내서 한쪽 면의 바닥을 잘라냈습니다. 동그란 판자의 테두리를 깎아서

그것이 술통 속을 자유롭게 들어갈 수 있도록 했습니다. 즉, 동그란 널빤지로 야자 열매를 위에서부터 눌러 내리려는 겁니다.

서양주 술통은 일본 술통과 달리 마치 돌처럼 단단한 나무로 만들어 그 둘레에 두꺼운 철로 된 고리가 몇 겹이나 둘려 있어서 어느 정도 강한 힘을 가해도 부서지는 일은 없습니다.

그러고 나서 그 둥근 널빤지 한가운데에 술통의 깊이보다 조금 더 긴 정도의 두꺼운 나무 막대기를 똑바로 세워서 끈으로 묶습니다. 얼핏 보면 커다란 팽이 같은 것이 완성된 겁니다.

충분한 도구도 없이 딱딱한 나무를 자르거나 깎아야만 했기 때문에 아주 힘든 일이었습니다. 몇 번이나 실패해서 다시 만들긴 했지만, 완성되기까지 셋이서 닷새나 걸렸습니다.

엿새째에 드디어 기계의 조립 작업에 들어갔습니다. 셋은 아침 일찍 일어나서 바지런히 작업을 시작했습니다. 동굴 입구 옆 바위산 기슭의 땅과 가까운 곳에 한 개의 바위 모서리가 튀어나온 부분이 있습니다. 데쓰오 군은 그 바위 모서리에서 60센티 정도 떨어진 지면에 준비한 서양 술통을 놓고 그 속에 야자 열매 과육을 말린 것을 가득 집어넣었습니다. 야자 열매는 이 일을 시작한 날, 많이 따와서 열매 속의 하얀 과육을 태양 빛에 말려서 준비해 두었습니다. 그리고 그 위에 팽이처럼 생긴 동그란 널빤지의 막대기가 위로 가도록 뚜껑을 덮었습니다. 둘레가 20센티 정도인 막대기가 술통 위에 우뚝 솟아나 있는 겁니다.

그리고는 제일 처음에 만든 4미터나 되는 긴 막대기를 셋이서 그곳으로 옮기고 막대기 한쪽 끝을 아까 말한 땅과 아슬아슬하게 튀어나와 있는 바위 모서리 밑에 집어넣어서 움직이지 않게 고정하여 한쪽 끝을 높이 들어 올렸습니다.

그리고 그 막대를 아까 술통 한가운데 솟아나 있는 막대기 위에 T자 모양으로 얹어서 막대기와 막대기를 튼튼한 끈으로 묶었습니다. 그러자 긴 막대가 마치 우물의 펌프 손잡이처럼 쓱 하고 위로 치켜 올려진 모양이 되었습니다.

"자, 모두 막대기 끝에 매달려."

데쓰오 군의 지시로 두 소년은 하늘로 솟구친 긴 막대기 끝에 의자를 딛고 올라가 양손으로 매달렸습니다. 둘의 몸무게로 우물의 펌프를 누르듯이 아래로 끌어내리려고 했습니다. 데쓰오 군은 술통을 껴안고 그것이 쓰러지지 않도록 힘을 주었습니다.

여러분, 아시겠어요? 이것은 물리학에서 말하는 지레의 원리라는 것입니다. 막대기를 길게 하면 할수록 어떤 강한 힘이라도 낼 수 있는 겁니다. 우물 펌프에 있는 손잡이와 같은 겁니다. 옛날에 서양의 어느 물리학자[*]는 "만약 나한테 그렇게 커다란 막대와 그것을 지탱할 장소를 만들어 줄 사람만 있다면 나 혼자의 힘으로 이 지구라도 움직여 보여줄 수 있다."라고 말했습니다. 지레의 작용이 그렇게나 엄청난 힘을 만들어 내는 겁니다.

데쓰오 군은 정말로 좋은 생각을 떠올렸습니다. 이거라면 정말로 인간의 몇십 배의 힘을 낼 수 있습니다. 하지만 야자유는 생각처럼 짜지지 않았습니다. 바위 모서리에 끼워 넣은 막대기 끝이 움직여서 엇갈리거나 술통 위의 막대랑 막대가 미끄러지거나 술통이 옆으로 쓰러지거나 해서 몇 번이곤 다시 해야만 했습니다.

하지만 실패하면 다시 연구하고 또 실패하면 궁리해서 세 시간 정도를 땀에 흠뻑 젖어 일했습니다. 어떤 일이든 싫증 내지 않고 쉬지 않고 계속하면 결국에는 이룰 수 있는 겁니다. 참고 견딘 세 소년의 노력은 결국 성공했습니다. 기름을 짜낼 수 있었습니다. 술통 옆구리의 작은 구멍에서 받침으로 사용한 냄비와 대접 속으로 기름이 잔뜩 흘러내렸습니다.

데쓰오 군은 정말 감복할 만한 소년입니다. 아무것도 없는 곳에서 불을 피웠고 이번에는 그 불을 꺼트리지 않으려고 기름까지 만들어 냈습니다.

짜낸 기름을 시트 천으로 걸러서 그것을 조금 덜어 접시에 담습니다. 가늘게 자른 시트 조각을 심지로 삼아 등심 대신에 접시에 넣어서 그 끝에 불을 붙이면 훌륭한 불을 피울 수 있습니다.

소년들은 그날 밤부터 음산한 암흑 속에서 자지 않아도 되었습니다.

[원주]

7 뽕나뭇과의 상록 고목으로 태평양 제도에서 자주 보인다. 그 과실은 전분이 풍부하여 굽거나 쪄서 식용으로 이용할 수 있다.

8 고대 그리스의 과학자이자 수학자, 기술자였던 아르키메데스(Archimedes, 기원전 287~기원전 212)의 일. 지레의 원리에 관해서 이야기한 유명한 일화이다.

야마토섬의 주민

소년들이 한 달 동안 이루어 낸 일은 빵나무의 발견이나 기름 짜는 기계의 발명만이 아니었습니다. 그 외에도 여러 가지 일이 있었습니다.

우선 첫 번째는 무인도에 이름을 붙인 것입니다. 지도에 실려 있는 정식 명칭이 있는 섬일지도 모르겠지만 소년들은 그런 사실을 전혀 모르기 때문에 '임시로 우리가 이름을 붙이자'라는 얘기가 나왔습니다. 여러 가지 이름을 놓고 상의해 본 결과 세 소년이 다녔던 초등학교의 이름을 붙이기로 했습니다. 그것은 야마토(大和) 초등학교라는 이름이었습니다. 학교 이름에서 '야마토'를 따서 무인도에 '야마토섬'이라는 이름을 붙였습니다.

"야마토섬이라, 멋있는데. 우리는 야마토섬의 국민이구나."

"우리가 이 섬의 왕이야."

"아, 그러네. 왕이 세 명이나 있다는 게 이상하지만, 이 섬은 어차피 우리 거니까."

소년들은 신이 나서 이런 말을 나누었습니다.

야마토섬의 정부 일기를 써야 한다고 해서 일기 담당은 글을 잘

쓰는 데쓰오 군으로 정했습니다. 데쓰오 군은 침몰선에서 갖고 온 커다란 항해일지에 그날그날 일어난 일을 자세히 기록하기로 했습니다.

병에 걸리면 큰일이기에 가능한 규칙적인 생활을 하기로 했습니다. 아침은 4시에 기상, 정오서부터 3시까지는 낮잠, 밤은 해가 지면 동굴에 들어가서 앞으로의 계획에 대해서 상의하기로 했습니다. 그리고 학교에서 배운 것을 잊어버리지 않기 위해 서로 문제를 내면서 학과 복습 같은 것을 하고는 9시에 자기로 했습니다. 처음에 소년들은 정확한 시간을 몰랐습니다만, 태양이 머리 위에 똑바로 떴을 때를 정오라 생각하고 침몰선에서 갖고 온 탁상시계로 시간을 맞춘 겁니다.

그 외에 여러 가지 일이 있었습니다만 이것저것 다 쓰면 끝이 없어서 소소한 일은 생략하기로 하고 한 달 동안에 가장 즐거웠던 일만 적어보겠습니다.

그것은 세 명의 소년과 개 한 마리의 쓸쓸한 집에 두 명의 — 이아니라, 두 마리의 새로운 식구가 생긴 겁니다. 그 새로운 식구란 귀여운 안경원숭이 한 마리와 하얀 앵무새 한 마리입니다.

안경원숭이는 남양 제도에 사는 작고 귀여운 원숭이로 눈 둘레만 하얘서 마치 안경을 쓴 것처럼 보여 안경원숭이라고 불립니다. 이 작은 원숭이는 주로 밤에 숲속을 돌아다니면서 먹이를 찾는 아주 겁이 많고 얌전한 놈입니다.

이 원숭이가 숲속에 많다는 걸 발견한 것은 이런 일에서만큼은 아주 잽싼 다모쓰 군입니다. 어떻게 해서든 한 마리 잡아보고 싶다고 숲속을 여러 번 돌아다니다 고심 끝에 겨우 한 마리를 생포한 겁니다. 원숭이처럼 나무 타기를 잘하는 다모쓰 군은 이를테면 안경원숭이들의 보스 같은 거니까 이렇게 성공할 수 있었나 봅니다.

앵무새는 이치로 군이 총으로 쏜 겁니다. 쐈다고 하더라도 몸에 탄환을 맞춘 것은 아닙니다. 앞에서도 얘기했듯이 이 섬의 앵무새들은 높은 나뭇가지에 앉거나 그 주변을 날아다닙니다. 어느 날 이치로 군은 놀라게 해 줄 심산으로 앵무새들이 모여 있는 쪽을 향해서 엽총을 한 발 쐈습니다. 그 탄환이 새 한 마리의 날개에 맞아서 새가 나는 힘을 잃어 지상에 떨어져 버린 겁니다. 그것을 뽀빠이가 뛰어가서 도망가지 못하게 발로 눌러 생포했습니다.

소년 세 명과 개 한 마리로 구성된 가족이라 좀 쓸쓸하다고 생각하던 찰나에 귀여운 동물이 두 마리나 더해져서 소년들은 아주 신이 났습니다.

"이 앵무새는 내가 교육시킬 거야. 곧 있으면 일본어를 말할 수 있게 만들어 볼 거야."

이치로 군이 신이 나서 말하니까, 다모쓰 군도 지지 않고 말했습니다.

"나는 이 원숭이에게 곡예를 가르칠 거야. 재주넘기라든지 줄타기 같은 거 말이야."

새 식구 두 마리는 각각 다리에 끈을 묶어서 동굴 속에서 길렀지만, 날이 갈수록 점점 소년들에게 길들어져 갔습니다. 두 마리가 가장 무서워했던 것은 뽀빠이였지만 뽀빠이는 두 마리가 자기보다 한참 작은 동물이어서 대수로운 상대가 아니라고 생각했는지 특별히

괴롭히지도 않았고 오히려 돌봐주려는 것 같았습니다.

개와 원숭이는 사이가 안 좋다고 합니다만, 상대방이 이렇게 콩알만 하게 작은 원숭이라면 서로 으르렁거리는 경쟁심도 생기지 않겠죠.

그래서 두 마리의 새로운 가족은 뽀빠이도 두려워하지 않게 되었습니다. 나중에는 세 소년과 동물 세 마리가 사이좋게 하나의 테이블에서 같이 밥을 먹을 정도가 되었습니다.

야마토섬의 한 가족—이라고 해도, 그것이 섬의 전 국민입니다만,—그 한 가족이 식사하는 모습은 실로 기묘하고도 흐뭇한 것이었습니다.

무슨 일이 있어서 바쁠 때는 동굴 안에서 가볍게 식사를 합니다만 날이 흐리고 시원한 날에는 동굴 밖에 테이블과 의자를 갖고 나가서 모두 모여 즐겁게 식탁에 마주 앉았습니다.

테이블이나 의자는 침몰선에서 갖고 온 겁니다. 커다란 테이블 위에는 하얀 면포를 덮고 그 위에 진수성찬이 담긴 냄비라든지 밥그릇, 국그릇, 컵, 포도주병까지를 놓습니다. 그 주위를 의자에 앉은 세 명의 소년이 둘러쌉니다. 뽀빠이도 의자 위에 얌전히 앉아 인간처럼 식탁에 둘러앉는 구성원이 됩니다.

안경원숭이랑 앵무새는 의자에 앉기에는 너무 작으므로 테이블 위에 올라앉아 접시에 담아 준 맛있는 밥을 먹습니다. 두 마리 모두 도망가지 못하도록 다리에 묶은 끈의 한쪽 끝을 테이블 다리에 묶어두었습니다.

세 명과 세 마리는 빵나무 열매라든지 야자 열매, 사슴 고기, 생선 그리고 앵무새를 위한 특별한 나무 열매 등 진수성찬을 차려 그것들을 모두 맛있게 먹습니다. 소년들은 포도주를 조금씩 마시기로 했습니다. 셋은 그 포도주 컵을 서로 짠 부딪힌 다음 야마토섬 국민의 건강을 축복하고 앞으로의 행복을 기원했습니다.

"우리는 이제 전혀 외롭지 않아. 이렇게 친구들이 여럿 있으니까."

"맞아. 하지만 어느 나라의 기선이든 이 섬 근처를 지나가다 일장기를 발견하고 우리를 구해주면 더 좋겠지만 말이야."

"하하하……. 욕심도 많네. 그렇게 일이 잘 풀릴 리가 없어. 한 달 동안 매일 바다를 보고 있는데 배의 연기조차 본 적이 없잖아. 이제 배는 포기하는 게 좋을 거야. 하지만 우리는 이렇게 멋진 섬의 주인이 되었잖아. 슬픈 일은 전혀 없다고."

"하지만 뭔가 좀 이상하지 않아?"

"뭐가?"

"너무 평화롭다는 생각이 들어. 너무 행복한 거 아닌가 싶어서. 무인도가 이렇게 평화로운 건가? 이러다 언젠가 갑자기 무서운 일이 일어나는 건 아닌가 하고. 나는 있잖아, 이 숲 깊숙한 곳이 무서워. 그 속에 뭐가 있는지 우리는 전혀 모르고 있으니까."

소년들은 이런 이야기를 나눴습니다. 뭔가 무서운 일이 일어나는 건 아닌가, 하고 걱정스럽게 말한 것은 데쓰오 군입니다만, 실은, 셋은 너무 행복한 거 같습니다. 한 달 동안 여러 가지 고생도 했습니다만 이렇다 할 무서운 일은 한 번도 일어난 적이 없었습니다. 너무나 평화로워서 오히려 기분이 나쁠 정도입니다.

얼마 안 있다 깜짝 놀랄 만한 일이 일어나는 건 아닐까요. 저 깊숙한 곳에 뭐가 있는지, 숲속에서 정체불명의 악마가 조용히 셋을 지켜보다 때가 오길 기다리고 있는 건 아닌지 모르겠습니다.

이윽고 데쓰오 군의 걱정이 생각지도 못한 형태로 드러나는 날이 왔습니다. 정말로 끔찍한 일이 세 사람 앞에 기다리고 있었던 것입니다.

*   *   *

어느 날 다모쓰 군이 혼자서 숲속을 걷고 있었습니다. 원숭이 기질이 있는 다모쓰 군은 누구보다도 숲을 좋아했습니다. 안경원숭이나 빵나무로 재미를 봐서 그런지 뭔가 다른 것도 발견하고 싶다는 생각에 길도 없는 숲속을 깊숙이, 또 깊숙이 들어갔습니다.

처음에는 왠지 으스스해서 숲의 입구 언저리까지만 들어갔습니다만, 요즘은 익숙해져서 소년들은 꽤 깊숙한 곳까지 아무렇지 않게 들어갔습니다.

머리 위에는 키 큰 나무들이 서로 가지를 교차하고 있어 햇빛이 들어오지 않을 정도이기 때문에 숲속은 저녁 무렵처럼 어두웠습니다. 발밑에는 낙엽이 쌓여 있어서 쓰레기통 속을 걸어 다니는 기분이 들기도 했습니다.

신기한 것을 발견하려고 정처 없이 걸어 다니다가 문득 정신을 차리고 보니 어느샌가 지금까지 한 번도 가본 적이 없는 숲속 깊숙한 곳까지 들어와 버렸습니다.

이건 안 되겠다. 길을 잃으면 큰일 나니까 빨리 돌아가야지, 라고 생각하고는 바닷가 쪽이라고 생각되는 방향으로 곧장 걸어갔습니다만 그때는 이미 늦었습니다. 가면 갈수록 숲이 깊어졌습니다. 아무리 가도 익숙한 곳이 나오질 않습니다. 다모쓰 군은 깊은 숲속에서 결국 길을 잃고 말았습니다.

울고 싶은 심정으로 정신없이 걷고 있다가 문득 5미터 정도 떨어진 곳에서 뭔가가 움직이고 있는 것이 있다는 걸 알아차렸습니다.

깜짝 놀라 자신도 모르게 멈춰 섰습니다. 자세히 보니 커다란 나무에 다른 나무가 엉겨 붙었는데, 그 나무 기둥이 바람도 없는데 조용히 움직이고 있는 것입니다.

나뭇잎이나 작은 가지가 움직이는 건 당연합니다만, 두꺼운 나무줄기가 혼자서 흔들흔들 움직이는 이런 말도 안 되는 일이 있을 수 있을까요?

귀신에 홀린 것 같다는 생각이 들자, 다모쓰 군은 소름이 끼치기 시작했습니다.

봐서는 안 된다, 빨리 도망가지 않으면 안 된다. 라며 마음은 다급해졌습니다만, 무서운 건 더 보고 싶어지는 법이기에 자기도 모르게 자꾸 눈이 그쪽으로 빨려 들어갑니다.

다모쓰 군은 움직이는 나무를 빤히 쳐다봤습니다. 그리고 그 나무의 정체를 확인했습니다. 다모쓰 군의 얼굴은 순식간에 새파랗게 질렸습니다. 입이 커다랗게 벌어지면서 금방이라도 죽임을 당할 것 같은, 형용할 수 없는 공포에 질린 비명이 터져 나왔습니다.

움직이는 것은 나무줄기가 아니라 커다란 뱀이었습니다. 꿈에서도 본 적이 없는 커다란 뱀이 나무줄기에 엉켜서 머리를 곤두세우고는 빛을 내뿜는 눈으로 조용히 이쪽을 노려보고 있었던 것입니다.

땅속의 목소리

　한편 동굴에 있던 이치로 군과 데쓰오 군은 저녁 시간이 되었는
데도 다모쓰 군이 보이지 않아서 뽀빠이와 안경원숭이, 앵무새와
함께 먼저 저녁을 먹었습니다. 날이 한참 저물어 주위가 깜깜해지고
하늘에 아름다운 별이 반짝이기 시작해도 다모쓰 군은 돌아오지 않
았습니다.

　"무슨 일이지? 이상하네."

　"숲속에서 길을 잃어서 곤경에 빠진 거 아냐?"

　"그렇겠네. 아아, 좋은 생각이 있어. 총을 쏴서 방향을 알려주자.
혹시 길을 잃었다고 해도 이쪽이 집이라는 걸 알 수 있을 거 아냐."

　"응, 그게 좋겠다. 그럼 내가 총을 쏠게."

　이치로 군이 엽총을 꺼내서 하늘을 향해 한 발 탕하고 발포했습
니다만, 한참을 기다려도 다모쓰 군은 돌아오지 않았습니다.

　"그럼 이번에는 모닥불을 피우자. 불을 많이 지피면 멀리서도 보
이니까."

　데쓰오 군의 아이디어로 마른 가지를 모아서 모닥불을 피기 시작
했습니다. 뭉게뭉게 피어올라오는 연기에 새빨간 불꽃이 옮겨 붙어

서 20미터나 될 정도로 높은 빨간 불줄기가 밝아오기 시작했습니다. 그렇게 불을 한 시간 이상 피웠지만, 다모쓰 군은 돌아오지 않았습니다.

"이상하다. 무슨 일이 있는 거지. 맹수라도 만나서 험한 꼴을 당한 건 아닐까."

둘은 눈을 마주 보고 입을 다물고 말았습니다. 말로는 설명할 수 없을 정도로 불안한 느낌입니다. 커다란 오랑우탄에게 잡혀서 허우적거리고 있는 다모쓰 군의 불쌍한 모습이 생생하게 눈앞에 보일 것만 같았습니다.

둘은 아무것도 모릅니다만, 독자 여러분은 알고 있지요. 앞의 장에서 잠시 적어놓은 것처럼 다모쓰 군은 무서운 것과 마주치고 말았습니다. 오랑우탄은 아니지만, 그 정도로 무서운 커다란 뱀을 만난 겁니다.

다모쓰 군은 잘 도망칠 수 있었을까요. 뱀이라고 하는 녀석은 다리도 없는 주제에 매우 빨리 달립니다. 아무리 원숭이처럼 날쌘 다모쓰 군이라고 하더라도 커다란 뱀에게는 당해낼 수 없었던 건 아닐까요? 무섭고 커다란 뱀이 다모쓰 군의 몸을 휘감아서 뼈도 살도 모두 으스러지게 조여서 결국에는 먹잇감이 된 건 아닐까요?

이치로 군과 데쓰오 군은 거기까지는 생각할 수 없었습니다만, 예삿일이 아니라는 생각이 들어서 가능한 할 수 있는 일은 손을 써보려고 했습니다. 공포를 몇 번이나 쏘고 모닥불을 2시간 동안 계속 지폈습니다만 아무리 기다려도 다모쓰 군은 돌아오지 않았습니다. 다음 날 아침 일찍부터 숲속을 수색하기로 하고 그날 밤은 일단 동굴 속 이불에 들어갔습니다.

하지만 너무 걱정되어 잠을 잘 수가 없었습니다. 꼬박 뜬눈으로 밤을 지새웠고, 동쪽 하늘이 밝아오자마자 재빨리 동굴을 뛰쳐나가 출발 준비를 하였습니다.

서둘러서 아침 식사를 마쳤습니다. 이치로 군은 엽총을 어깨에 짊어지고 탄환도 충분히 준비하였습니다. 데쓰오 군은 총을 쏠 수 없으므로 무기로는 잭나이프와 나뭇가지로 만든 막대기를 준비했고 주머니에는 밧줄을 감은 거랑 자석을 챙겼습니다. 당연히 사냥개인 뽀빠이도 같이 갔습니다. 뽀빠이는 다모쓰 군의 냄새를 잘 기억하고 있을 테니까 이런 경우에 매우 도움이 될 것입니다.

두 소년과 개 한 마리로 구성된 수색대는 이윽고 숲속 깊은 곳까지 들어갔습니다. 시냇가까지는 항상 물을 길으러 오는 길이기 때문에 어렵지 않게 나갔습니다만, 거기서부터는 전혀 길이 없는 수풀 덤불이어서 어느 방향으로 가면 좋을지 감도 잡지 못했습니다.

"다모쓰 군."

둘은 목소리를 맞추어 다모쓰 군을 여러 번 불러봤지만, 대답은 없었습니다.

뽀빠이가 뭔가를 느꼈는지 덤불 속으로 쭉쭉 나아갑니다.

"어라, 뽀빠이 녀석, 다모쓰 군의 냄새를 찾았나 봐."

"응, 그런가 봐. 따라가 보자."

둘은 양쪽으로 뻗어나 있는 나뭇가지들을 젖히면서 개 뒤를 쫓아갔습니다.

뽀빠이는 중간 중간 멈춰 서서 연신 땅 냄새를 맡았고, 점점 숲속 깊은 곳으로 들어갔습니다.

"뭐가 있는 건 아니겠지. 음산하다."

이치로 군은 양손에 총을 들고 무슨 일이 일어나면 바로 쏠 수 있도록 자세를 취하면서 데쓰오 군 쪽을 돌아보며 말했습니다.

"괜찮아. 만약 뭔가 있으면 뽀빠이가 짖어서 알려줄 거야. 저 녀석이 가만히 있는 동안은 괜찮을 거야."

라고 데쓰오 군은 조심스럽게 주위를 살피면서 대답했습니다.

정말입니다. 뭔가가 있다면 뽀빠이가 제일 먼저 알아차렸을 겁니다. 개가 있어서 얼마나 다행인지 모르겠습니다.

숲속 깊은 곳이라고 해도 우거진 나무만 있는 것이 아니었습니다. 군데군데 들판처럼 넓은 곳도 있고 자연이 만든 길 같은 것이 나 있는 곳도 있고 앞으로 나아가기가 생각만큼 어렵지는 않았습니다. 개 뒤를 따라 무작정 걷고 있는 사이에 벌써 시냇가에서 2킬로 정도는 족히 안으로 들어온 것 같았습니다.

그러자, 그때 뽀빠이가 갑자기 멈춰서더니 둘 쪽을 되돌아보면서 묘한 신음을 내기 시작하지 않겠습니까.

섬뜩한 느낌이 들어 둘도 멈춰서기는 했습니다만, 4~5미터 앞의 지면을 보니 뽀빠이가 신음을 낸 이유를 알 수 있었습니다.

"아, 발자국이다! 구두 자국이야. 다모쓰 군의 발자국이 틀림없어."

이치로 군이 큰 목소리로 말했습니다. 부드러운 지면에 발자국 하나가 분명하게 찍혀있었습니다.

둘이 이 사실을 알아차렸다는 걸 눈치챈 뽀빠이는 안심한 듯이 신음을 멈추고 다시 쭉쭉 앞으로 나아갔습니다.

마치 '다모쓰 씨가 있는 곳은 가까워요.'라고 말하고 있는 것 같았
습니다.

"불러볼까?"

"그래, 불러보자."

둘은 다시 소리를 맞춰서 몇 번이고 다모쓰 군의 이름을 불렀습
니다.

"잠깐, 조용히 해봐. 뭔가 들리지 않니?"

이치로 군의 말에 둘은 숨을 죽이고 잠시 귀를 쫑긋 세웠습니다.

그러자 어디서부터인가 아주 희미하게 사람의 목소리가 들렸습
니다.

"아, 사람 소리다. 다모쓰 군이야. 어이, 어디 있는 거야!"

이에 대답하듯이 어딘지 모르는 곳에서부터 희미한 목소리가 다
시 들려왔습니다.

"이상하네. 어디에 있는 거지?"

"뭔가 땅속에서부터 들려오는 것 같아."

희미한 목소리는 앞에서부터 들려오는 것 같기도 하고 뒤에서부
터 들려오는 것 같기도 했습니다. 오른쪽 같기도 하고 왼쪽 같기도
하고 어디서부터 들려오는지 전혀 감을 잡을 수가 없었습니다.

그때 다시금 뽀빠이의 짖는 소리가 들려왔습니다. 이번에는 신음
하는 소리가 아니라 힘차게 짖는 소리였습니다.

"아, 저기에 뭔가가 있나 봐. 데쓰오 군, 가보자."

그곳으로 뛰어가자 뽀빠이는 앞다리로 연신 낙엽을 파면서 코를
땅에 갖다 대며 짖고 있었습니다. 자세히 보니 거기 싸여있는 낙엽

은 군데군데 비어 있었고 아마 그 밑에 구덩이가 뚫려있는 것 같았습니다.

이치로 군은 서둘러 신발로 낙엽을 헤쳐 봤습니다. 거기에는 커다란 구덩이가 있었습니다. 구덩이 위에 마른 가지가 가로세로로 놓여 있었고 그 위에 낙엽이 깔려있었던 것입니다. 함정이었습니다.

"어이, 나야. 그렇게 하면 자꾸 낙엽이 떨어지니까 그만해. 조심히 좀 해 봐."

구덩이 밑에서 측은한 목소리가 들려왔습니다. 다모쓰 군이었습니다. 다모쓰 군은 이 수상한 함정 구덩이에 떨어졌던 것입니다.

이치로 군과 데쓰오 군은 목소리에 놀라 구덩이 속을 들여다봤습니다. 바닥까지는 3미터 이상 되어 보이는 깊고 큰 구덩이였습니다. 어두컴컴한 바닥 쪽에 다모쓰 군이 기운 없이 웅크리고 있는 것이 어렴풋이 보였습니다.

"아, 역시 다모쓰 군이다. 어이, 지금 구해줄게. 어떻게 그런 곳에 떨어진 거야. 어리석긴."

데쓰오 군이 주머니에서 준비해 온 밧줄을 꺼내 구덩이 속으로 늘어트렸습니다.

"밧줄을 붙잡아, 우리 둘이서 끌어올려 줄게."

이렇게 해서 다모쓰 군은 구덩이 밖으로 겨우 기어 올라올 수 있었습니다. 구덩이 속에는 빗물이 고여 있었는지 바지나 셔츠는 물론이고 손과 발, 그리고 얼굴까지도 진흙 범벅이었습니다.

"어째서 이런 곳까지 온 거야. 우리가 어제저녁부터 얼마나 걱정한 줄 알아?"

　이치로 군이 나무라자 다모쓰 군은 울상이 되었습니다. 불쌍하게 어제 점심부터 아무것도 먹지 못한 채로 밤새 구덩이 속에서 살려달라고 외쳐서 기운이 하나도 없이 지쳐있었습니다. 발랄한 장난꾸러기 다님의 자취는 아무 데도 없었습니다.

　둘이 질문 공세를 퍼붓자 다모쓰 군은 어제 숲속에서 커다란 뱀을 만나 정신없이 도망치다가 이 구덩이 속에 떨어졌고 밤새도록 소리 질렀던 일을 이야기했습니다.

　둘은 커다란 뱀이라는 말을 듣고 섬뜩했습니다만, 그래도 다모쓰 군이 그 뱀한테 공격당하지 않은 게 다행이었습니다. 그것에 비하면 함정에 떨어진 것은 아무것도 아니었습니다.

　"혼자서 숲속을 걸어 다니니까 그래. 앞으로는 조심해 줘. 만약 네가 죽기라도 하면 우리는 어떡하라고. 셋밖에 없는 가족이니까. 정말로 조심해 줘."

　이치로 군은 셋 중에서 몸도 제일 큰, 소위 형 같은 존재였기 때문에 형이 동생을 나무라듯이 조용히 타이르면서 주의를 주었습니다.

　다모쓰 군은 큰 실수를 저질렀습니다. 하지만 나중에 다시 생각해 보니 이 실수는 그냥 단순한 실수로 끝난 것이 아니었습니다. 다모쓰 군의 제멋대로인 행동이 예기치 않게 놀라운 사실을 발견할 수 있는 계기가 되었기 때문입니다.

동굴의 괴인

"하지만 이상하네. 이 함정은 도대체 누가 만든 걸까?"

생각 깊은 데쓰오 군이 문득 그 사실을 깨닫고 묘한 표정을 지으면서 말했습니다.

그러고 보니, 정말로 이상한 일입니다. 이 함정 구덩이에는 마른 가지를 가지런히 올려놓고 그 위에 낙엽을 쌓아둬서 그 밑에 구덩이가 있다는 사실을 모르도록 만들어졌습니다. 당연히 인간이 만든 것이 틀림없습니다. 오랑우탄이 아무리 영리하다고 해도 함정 구덩이를 만들 정도로 지혜롭지는 않습니다. 그렇다고 해서 이런 함정이 자연히 생겼다고도 생각할 수 없었습니다.

"다모쓰 군, 혹시 네가 만든 거 아냐? 네가 만든 함정에 네가 떨어진 거 아냐?"

"으응, 나 아냐. 나 혼자서 이렇게 깊은 구덩이는 팔 수 없지."

"그럼 누구지? 데쓰오 군도 모르는 거지. 이상하다."

이치로 군은 팔짱을 끼고는 겁먹은 듯한 눈으로 둘의 얼굴을 번갈아 봤습니다.

"이 섬에 우리 말고도 인간이 있을지도 몰라. 그 인간이 동물을 잡으려고 만든 함정이 분명해."

데쓰오 군이 속삭이듯이 말했습니다.

"하지만 이상하다. 인간이 있다면 바닷가 쪽으로도 왔을 텐데. 게다가 불을 피울 일도 있을 거 아냐. 그 연기가 안 보일 리가 없잖아."

"그야 그렇지만……."

데쓰오 군은 말을 이으려다가 갑자기 입을 다물고 말았습니다. 눈을 크게 뜨고 가만히 한 곳을 응시하고 있는 겁니다. 3미터 정도 건너편에 있는 커다란 나무 기둥을 뚫어져라 쳐다보고 있는 겁니다.

"응? 왜 그래? 뭘 그렇게 보고 있는 거야?"

"저것 좀 봐. 저 나무줄기에 뭔가 묘한 것이……."

데쓰오 군은 마치 귀신이라도 본 것처럼 겁먹은 얼굴을 하고서 나무줄기를 가리켰습니다.

"아아, 이상하네. 화살표 표시가 새겨져 있네."

이치로 군도 그것을 알아차리고 성큼성큼 나무줄기 가까이 다가갔습니다.

두 아름은 되어 보이는 두꺼운 나무줄기에는 소년들 머리 높이 정도에 약 10센티 크기의 화살표 표시가 새겨져 있었습니다. 옆을 가리키고 있는 화살표는 예리한 나이프로 파낸 것이 분명했습니다.

"역시 사람이 있는 거야. 동물이 이런 걸 할 수 있을 리가 없잖아."

"야만인인가?"

"그럴지도 몰라."

셋은 끔찍하다는 듯이 서로 얼굴을 마주 보았습니다.

함정 구덩이도 그렇고 화살표시도 그렇고 이제 더는 의심의 여지가 없습니다. 이 섬에는 분명히 사람이 있는 겁니다. 무인도라고 생각하고 있던 이 섬에 누군가가 사는 겁니다.

뽀빠이도 무슨 냄새를 맡은 건지 불안한 듯 그 주변을 킁킁거리며 돌아다녔습니다. 데쓰오 군은 뽀빠이의 모습을 가만히 지켜보고 있었습니다만 이윽고 뭔가를 발견했는지 깜짝 놀라더니 뽀빠이가 걸어 다니고 있는 곳으로 달려갔습니다. 그리고 허리를 구부려 땅을 유심히 내려다보면서,

"잠깐, 일로 와 봐. 또 신발 자국이야. 하지만 이번에는 다모쓰 군의 것이 아니야. 어른 신발이야. 징을 박지 않은 고급 구두야."

둘도 달려가서 신발 자국을 봤습니다. 분명히 어른의 신발 자국입니다. 소년들 발의 두 배는 되는 커다란 발입니다.

"야만인은 이런 구두를 신지 않아."

"응, 야만인이 아니야. 문명국의 사람이야. 그러면 함정 구덩이는 이 구두를 신고 있는 사람이 만든 것일지도 몰라. 그리고 화살표도……."

그러자 그때, 다모쓰 군이 또 뭔가를 발견하고는 괴상한 소리를 질렀습니다.

"저기, 저 나무에도 화살표 표시가……."

조금 전 그 거목에서 10미터 정도 떨어진 커다란 나무줄기에 같은 화살표 표시가 새겨져 있는 겁니다.

예삿일이 아닙니다. 흔적 하나를 발견할 때마다 누군지 모를 기묘한 인간이 이 섬에 살고 있다는 것이 점점 확실해져 갔습니다.

셋은 다시 얼굴을 마주 본 채 한동안 잠자코 있었습니다. 이 발견

을 어떻게 판단해야 좋을지 전혀 감을 잡을 수 없었기 때문입니다.

그 사람이 소년들에게 무서운 적일까요. 아니면 의지할 수 있는 아군일까요?

"이 사람이 만약 문명인이라면 무서워할 일은 아무것도 없어."

"응, 맞아. 찾아내서 우리들의 친구가 되어 달라고 하면 돼. 어른이니까, 우리가 모르는 여러 가지를 알고 있겠지."

"그럼 빨리, 그 사람을 찾아보자."

셋은 한 가닥 희망을 찾은 것 같았습니다. 그러자 갑자기 기운이 나기 시작했습니다.

"이 화살표 표시는 분명히 길을 안내하고 있어. 화살표를 따라가면 그 사람이 있는 곳이 나올지도 몰라."

데쓰오 군의 말이 끝나자, 이치로 군이 기운 내면서,

"그럼, 제3의 화살표를 빨리 찾자."

라고 말하면서 성큼성큼 숲 안쪽으로 들어갔습니다. 그리고는 바로 제3의 화살표를 찾았습니다. 그것도 앞의 두 나무 못지않게 두꺼운 나무줄기에 파여 있었습니다.

"아, 있다, 있다. 저쪽으로 향하면 되나 봐. 얘들아, 이쪽으로 와 봐."

셋은 계속해서 나무줄기에서 화살표를 발견하고는 안으로, 안으로 들어갔습니다. 뽀빠이도 주인들의 기운찬 모습을 보고 즐거운 듯이 주변을 뛰어다녔습니다.

"얘들아, 이것도 좋은데, 나는 배가 너무 고파. 뭔가 먹을 거 없니?"

예상치 못한 발견에 다모쓰 군도 꽤 기운을 내고 있었습니다만 배고픔만은 잊을 수 없었나 봅니다.

"그렇다면 빵나무를 찾으면 돼. 분명히 이 근처에도 있을 거야."

소년들은 화살표를 따라가는 걸 잠시 멈추고는 나누어져서 빵나무를 찾으러 다녔습니다. 잠시 후 데쓰오 군이 빵나무 한 그루를 찾아 셋이서 열매를 따서 나무가 없는 공터 같은 장소로 나갔습니다.

데쓰오 군은 조심스럽게 렌즈를 셔츠 주머니에 넣고 다녔기 때문에 렌즈를 태양에 비추어 불을 피웠고 빵 열매를 쪄서 점심을 먹었습니다.

뽀빠이도 나눠 먹은 건 말할 필요도 없습니다.

다행히 시냇물이 구불구불 돌아서 가까이 흐르고 있었기 때문에 물도 배불리 마셨습니다. 힘이 없던 다모쓰 군도 완전히 원기를 회복했습니다.

"너희들 나한테 고맙다고 말해. 내가 구덩이에 떨어진 덕분에 화살표를 발견할 수 있었잖아. 이치로 군은 무서운 얼굴로 나한테 뭐라고 했는데 실은 고맙다고 해야 했어. 히히히. 에헴. 역시 다님한테는 좋은 일이 일어난다니까."

이렇듯 평상시의 장난기가 나올 정도였으니, 이젠 괜찮습니다. 셋은 화살표를 따라서 한 시간 정도 걸었습니다. 길은 점점 오르막이 되었고 군데군데 험한 곳도 있었지만, 소년들은 아무렇지 않게 성큼성큼 올라가더니 어느샌가 산의 정상에 다다랐습니다.

화살표 표시가 있을 정도니까, 거기는 사람이 지나간 적이 있는 길이었을 것입니다. 튀어나온 나뭇가지들도 잘려있어서 생각만큼 고생하지 않고 앞으로 나갈 수 있었습니다.

"어라? 저런 곳에 바다가 있어."

다모쓰 군이 괴상한 소리를 내면서 가리킨 곳을 보니 정말로 나무들 사이로 새파란 바다가 보였습니다.

"이상하다. 이런 산 위에 바다가 있다니."

셋은 멈춰 서더니 신기하다는 듯이 파란 물을 바라보고 있었습니다.

"아, 알겠다. 분명히 산 위에 있는 호수야. 닛코(日光)에 있는 주젠지호*에 갔을 때도 딱 이런 식이었어. 나는 산 위에 바다가 있는 줄 알고 깜짝 놀랐다고."

데쓰오 군이 일찌감치 호수인 걸 알아차리고 말했습니다.

과연 거대한 산정호수였습니다. 앞으로 나갈수록 점점 그 모습이 잘 보였고 이윽고 호수의 전경이 눈앞에 펼쳐졌습니다. 그것은 이루 말할 수 없을 정도로 신기한 광경이었습니다.

지름이 2킬로 정도 되어 보이는 넓고 넓은 호수였습니다. 물은 새파래서 바다랑 똑같은 색을 하고 있었습니다. 게다가 호수 건너편에 엄청나게 높은 바위산이 성곽처럼 우뚝 솟아 있어서 깜짝 놀랐습니다. 터무니없이 거대한 짐승의 송곳니를 나열해 놓은 것처럼 뾰족뾰족하게 솟아 난 바위산이 장벽처럼 쭉 이어져서 이 세상의 끝처럼 앞을 가로막고 있었습니다.

"와, 멋있다. 아름다운 정경인데."

소년들은 얼떨결에 멈춰 서서 무섭기도 하고 웅대하기도 한 경치

----

* 주젠지호(中禪寺湖)는 일본 도치기현(栃木県) 닛코시(日光市) 닛코국립공원 내에 있는 호수로, 약 2만 년 전에 분화로 생긴 언지호이다. 넓이가 25킬로미터 정도 되고 4제곱킬로미터 이상 되는 호수로서는 일본에서 제일 높은 곳에 있는 호수이다.

에 넋을 잃고 말았습니다.

"어라, 이상한 게 있네. 뭐지?"

이치로 군이 가리킨 곳을 보니 호수의 이쪽 강가에 있는 울퉁불퉁한 바위들 사이에 묘한 십자가 같은 것이 세워져 있었습니다.

주변의 나무를 자른 것일까요. 통나무째로 십자가 모양으로 묶어서 바위틈 사이의 부드러운 지면에 세운 것입니다. 높이는 딱 이치로 군의 키와 똑같았습니다.

그런 십자가가 혼자서 만들어졌을 리가 없습니다. 그 화살표를 새긴 수상한 인물이 세운 것이 분명합니다.

소년들은 십자가에 다가가서 자세히 봤습니다. 십자가의 가로로 놓인 막대기에 뭔가 글자 같은 것이 새겨져 있었습니다. 일본어는 아니었습니다. 옆으로 쓰는 글자입니다. 소년들은 아직 외국어를 배우지 않아서 어느 나라 글자인지는 잘 몰랐지만 어쨌든 외국어인 것은 분명했습니다.

"아, 어쩌면, 이거 서양인의 무덤 아냐? 언젠가 사진첩에서 이런 모양의 묘지를 본 적이 있어."

무슨 일이든지 제일 먼저 판단을 내리는 것은 데쓰오 군이었습니다. 그리고 그 판단은 대부분 맞았습니다. 이런 일에서는 데쓰오 군을 따라올 사람이 없었습니다.

하지만 무덤이라고 하더라도 도대체 누구의 무덤일까요?

함정 구덩이에서 화살표, 그 화살표를 따라오니 이번에는 기묘한 십자가입니다. 소년들은 의외의 것들을 계속 발견하게 되자 어려운 수수께끼라도 풀고 있는 것 같은, 뭐가 뭔지 전혀 아무것도 모르는 상황을 마주하고 있었습니다.

하지만 의외인 것은 그것뿐이 아니었습니다.

"어라, 저런 곳에 동굴이 있어."

이번에는 다모쓰 군이 무언가 발견하고 소리쳤습니다.

호수의 이쪽 강가에 작은 바위산이 있었는데 바로 그 산기슭에 사방 1미터 정도 되는 이상한 모양의 구덩이가 검게 보이는 것입니다.

"가볼까?"

"응, 가보자."

뭔가 음산한 기분이 들기는 했습니다만, 무서운 건 더 보고 싶어지는 것처럼 그 구덩이 근처로 가보지 않고는 못 배길 것 같았습니다.

울퉁불퉁한 바위 위를 나는 듯이 뛰어가 그 동굴 근처로 다가가서 살짝 안을 들여다봤습니다만, 동굴 안을 보자마자 깜짝 놀라서 몸을 움직일 수가 없었습니다.

그 어두운 동굴 속 깊숙한 곳에서 정체불명의 생명체가 움직이고 있었습니다.

어두워서 잘 보이지 않았습니다만, 그것은 엎드려서 가만히 이쪽을 바라보고 있는 것 같았습니다. 기어가는 듯했는데 뭔가 보통 짐승하고는 달랐고 왠지 인간처럼 보였습니다.

하지만 인간이라고 하기에는 너무 기묘했습니다. 머리와 얼굴은 털로 덥수룩하게 뒤덮여서 잘 보이지 않았고 두 눈만 부리부리하게 빛나고 있었습니다. 손이나 발은 잘 보이지 않았고, 몸에는 하얀 누더기 천 같은 걸 걸치고 있는 것 같았습니다.

이윽고 그 생명체는 형용할 수 없을 정도로 이상한 앓는 소리를 냈습니다.

길게 길게 끄는 듯하면서도 이상하게 낮은 신음. 소년들은 그 소리를 듣고는 등에 찬물을 끼얹은 것처럼 섬뜩해져서 부들부들 떨었습니다.

황금 나라

셋은 동굴 입구에서 대여섯 발 뒤로 물러났습니다. 엽총을 갖고 있던 이치로 군은 그 총을 양손에 쥐고 괴물에게 조준했습니다. 뽀빠이도 꼬리를 뒷다리 사이에 끼고 뒷걸음질하면서 심하게 짖어댔습니다.

괴물은 더욱더 높은 소리를 내면서 입구 쪽으로 기어 나왔습니다. 머리와 얼굴 전체에 빨간 털이 꼬불꼬불하게 나 있었고 입도 코도 분간할 수 없을 정도였지만 두 눈만은 미치광이처럼 기분 나쁜 빛을 내뿜고 있었습니다. 신기한 것은 그 커다란 눈이 파란색이었습니다.

소년들은 괴물을 마주한 순간 그 오랑우탄이라는 거대한 원숭이가 나타났다고 생각했습니다. 이치로 군은 너무 무서워서 무아지경으로 총의 방아쇠에 손가락을 걸었습니다.

하지만 발포하려는 그때 괴물이 너덜너덜하게 찢어진 셔츠 같은 것을 몸에 걸치고 있다는 걸 알아차렸습니다. 맹수 오랑우탄이 셔츠를 입고 있는 건 이상하지 않나요?

그렇게 망설이고 있을 때, 곁에 있던 데쓰오 군이 또 다른 사실을 알아차리고 이치로 군의 팔을 잡으면서 급하게 소리 질렀습니다.

"이치로 군, 쏘면 안 돼. 저건 사람이야. 저길 봐, 뭔가 말하고 있어. 짐승의 으르렁 소리하고는 달라."

셋은 자기들도 모르게 귀를 기울였습니다. 뽀빠이의 짓는 소리가 시끄러워서 잘 들리지는 않았지만, 괴물은 분명히 뭔가를 말하고 있습니다. 하지만 무슨 말을 하고 있는지 뜻을 전혀 알 수 없었습니다. 일본어가 아니었거든요.

데쓰오 군은 잽싸게 머리를 굴려서 알아들을 수 없는 이 말과 아까 본 십자가에 새겨진 외국어를 연결해서 생각했습니다.

"아, 알았다. 저건 서양인이야. 파란 눈을 하고 있으니까, 야만인이 아니라 유럽이나 미국의 문명인이야."

소년들은 그 사실을 깨닫고 어느 정도 안심한 뒤 조심조심 괴물에게 다가갔습니다. 뽀빠이도 주인들의 모습을 보고 짖어대는 것을 그만두었습니다.

괴물도 소년들의 마음을 알았나 봅니다. 덥수룩한 수염 사이로 하얀 이를 보이고 웃으면서 계속 뭐라고 말을 했습니다.

동굴 입구에 가까이 가서 자세히 보니 그것은 키가 큰, 아주 많이 마른 서양인이며 찢어진 셔츠에 진흙 범벅인 바지를 입고 있다는 걸 알았습니다. 얼굴도 못 알아볼 정도로 진한 수염에 가려져서 큰 원숭이로 보인 것입니다. 아마도 오랫동안 면도를 하지 못했나 봅니다.

하지만 이 서양인은 왜 네발로 기고 있는 걸까요? 소년들이 가까이 다가가도 일어서려고 하지 않고 동굴 입구에서 엎드린 채 이쪽을 올려다보고 있습니다.

잠시 후 서양인이 심한 병에 걸린 것을 알게 되었습니다. 기고 있는 것조차도 힘든지 얼마 안 있어 바로 땅 위에 개처럼 웅크리고 말았습니다. 그 마른 어깨는 숨을 쉴 때마다 심하게 위아래로 움직였습니다.

동굴 안을 보니 한쪽 구석에는 풀이나 나뭇잎을 쌓아 만든 침대 같은 것이 있습니다. 병에 걸린 서양인은 아마도 지금까지 저기서 자고 있었던 것이 분명합니다.

데쓰오 군은 살짝 서양인의 이마 부분에 손을 갖다 댔습니다. 마치 불이 나고 있는 것처럼 뜨거웠습니다.

"이 사람 열병에 걸렸나 봐. 빨리 저 풀 위에 눕혀주자."

세 소년은 힘을 합쳐서 서양인을 껴안듯이 해서 동굴 안쪽으로 옮겨 풀과 나뭇잎으로 만든 침대 위에 눕혔습니다.

서양인은 부드러운 풀 위에 힘없이 누워서 힘들어하면서도 무리하게 웃는 얼굴을 보이면서 계속해서 고맙다고 했습니다.

소년들은 생각지도 못한 장소에서 생각지도 못한 서양인을 만나 친애의 정을 보여주었지만 곤란하게도 말이 전혀 통하지 않아 자세한 사정을 물어볼 수가 없었습니다.

오랜 시간 걸려 손짓을 통해 겨우 국적만은 알 수 있었습니다. 서양인이 '잉글리쉬'라는 말을 몇 번이나 되풀이하는 것을 듣고 데쓰오 군은 영국 사람이 분명하다고 판단했습니다. 영어는 아직 안 배웠지만, 영국 사람을 영어로 '잉글리쉬'라고 부른다는 걸 어느 책에선가 읽은 것이 생각났습니다.

그래서 이쪽도 '재패니즈, 재패니즈' 하고 반복하면서 일본인이라는 걸 상대방에게 알렸습니다.

무인도라고 생각했던 이 섬에 인간이 있었던 겁니다. 비록 말이 통하지 않는 환자였지만 소년들이 다른 인간에게 그리움을 느낀 건 말할 필요도 없습니다. 물을 떠 와서 마시게 하고 나뭇잎이나 건초를 주워 와서 침대를 더 폭신하게 만들어주며 모르는 외국인을 정성껏 간호해주었습니다.

이 영국인은 어째서 병에 걸려 이런 곳에 혼자 있는 걸까요? 도대체 무슨 연유로 어디서부터 이런 산 위로 오게 된 걸까요?

소년들은 여러 가지 손짓을 하며 그것을 물어봤고 영국인도 역시 손짓으로 대답을 하려고 했습니다만 아무리 해도 무슨 말인지 알 수 없었습니다.

잠시 후 영국인은 뭔가 생각이 났다는 듯이 풀 침대 밑에 넣어둔 커다란 수첩 한 권을 꺼내서 연필로 거기에 그림을 그리기 시작했습니다. 그림으로 이야기를 하려고 한 겁니다. 소년들은 그 의미를 알아차리고 열심히 수첩을 들여다봤습니다.

영국인은 침대에 드러누운 채 수첩을 열고 가슴 위에 세우듯이 쥐고 열병으로 떨리는 손으로 잘 그리지 못하는 그림을 여러 개 계속해서 그렸습니다.

바위가 많은 해안가에 침몰한 범선의 그림, 승무원들이 탄 보트가 태풍 때문에 가라앉은 그림, 서양인 같은 남자 둘이 거친 파도 속을 헤엄치고 있는 그림, 서양인 두 명이 야자나무 밑에서 뭔가를 먹고 있는 그림, 서양인 한 명이 힘없이 죽은 것처럼 보이는 서양인 한 명을 안고 커다란 눈물을 주르륵주르륵 흘리고 있는 그림, 서양인 한 명이 흙을 파서 나무로 된 십자가를 세우고 있는 그림.

이런 그림을 계속해서 그리면서 사이사이에 여러 가지 손짓을 보여주어서 소년들도 대충 의미는 이해했습니다.

즉, 서양인 두 명이 침몰선에서 이 섬의 모래사장까지 헤엄쳐 와서 살아남은 것입니다. 승무원은 모두 익사했는데 둘만 목숨을 구한 것입니다.

침몰선이라고 하는 것은 소년들이 도구나 식량을 옮겨 온 절벽 밑에 있는 그 침몰선이 분명합니다.

서양인 둘은 이 섬에 헤엄쳐서 도착했고 오랫동안 둘만의 쓸쓸한 생활을 이어갔겠죠. 그리고 얼마나 날이 지났는지는 모르겠지만 둘 중 한 명이 병에 걸려서 죽어버린 것이 틀림없습니다. 그래서 혼자 남은 이 영국인은 눈물을 흘리면서 친구의 유해를 호숫가에 묻고 그 위에 십자가를 세운 것입니다. 그리고 지금에 와서는 자신도 병에 심하게 걸려서 혼자 쓸쓸히 동굴 속에 누워있었다는 것입니다.

소년들은 침몰선에 남아 있던 의류 등을 보고 지나인의 배라고만 생각했습니다만, 영국인 배였구나, 하고 수첩을 빌려서 여러 가지 그림을 그려서 손짓으로 물어보니 역시 배에는 지나인만 타고 있었고 그중에 두 명만 영국인이 섞여 있었다는 사실을 알았습니다.

사정을 정확히 알게 되자 소년들은 이 영국인을 동정하지 않을 수 없었습니다.

"이 사람을 혼자 남겨두게 할 수는 없으니까, 아예 우리가 이쪽으로 이사를 오기로 하자."

이치로 군이 그 생각을 말하자, 나머지 둘도 곧바로 찬성했습니다. 영국인의 동굴은 해안가에 있는 소년들의 동굴하고 비슷한 정도의 넓이였으니까, 새로운 집도 전혀 불편하지 않을 것입니다. 넓은 호수가 눈앞에 펼쳐져 있고 마실 물도 바로 길어 올 수 있을뿐더러 경치도 좋아서 해안가의 동굴보다 훨씬 살기 좋게 느껴지기도 했습니다.

논의를 마친 뒤 환자 간호는 데쓰오 군이 혼자서 맡기로 했습니다. 나머지 둘은 뽀빠이를 데리고 서둘러 산을 내려가 해안가의 동굴에서 필요한 물건들을 나르기로 했습니다.

하루 만에 다 옮길 수는 없으므로 다음 날도 산을 오르락내리락하면서 몇 번에 걸쳐서 짐을 옮겼습니다. 안경원숭이와 앵무새도 새로운 집으로 데리고 온 것은 말할 필요도 없습니다.

그로부터 닷새 동안 소년들은 이 털북숭이 영국인과 같은 동굴에서 가족처럼 지냈습니다. 지금은 일본과 영국이 사이가 좋은 나라라고 말하기 힘들지만, 비록 적성을 가진 나라의 사람이라도 국민 한 사람, 한 사람을 미워할 필요는 없습니다. 특히 이렇게 불쌍한 처지에 있는 사람을 간호하지 않고 내버려 둘 수는 없습니다. 세 소년은 진심으로 이 불쌍한 영국인을 간호해주었습니다.

영국인도 소년들의 친절함에 깊이 감동한 것 같았습니다. 소년들이 알아들을 수 있는 '땡큐, 땡큐'(고맙다는 영어)를 기회만 있으면 되풀이했고 눈물을 흘리기도 했습니다.

닷새 동안 서로 점점 손짓도 알아볼 수 있게 되었고 수첩에 그림을 그려서 대화하는 것도 잘하게 되었습니다. 소년들도 지금까지의 끔찍한 신상 이야기를 들려주었고 영국인도 여러 가지 자세한 이야기를 들려주었습니다.

그렇게 해서 알게 된 것은 영국인은 20년이나 바다 위에서 생활해 온 뱃사람이고 전 세계를 항해하며 돌아다녀 여러 가지 재미있는 이야기를 알고 있다는 겁니다. 나이는 45세이고 헨리라는 이름을 가지고 있다는 것을 알게 되었습니다. 십자가 밑에 영면하고 있는 친구는 42세이고 안토니라는 이름이라는 것도 알았습니다.

헨리와 안토니는 5~6년 전부터 이 섬에 한번 오고 싶다고 생각했지만 좋은 기회가 없어서 이번에야말로 지나인 배에 부탁하여 보통 배들은 가까이 오지도 않는 이 섬에 겨우 상륙하게 된 것입니다.

하지만 섬 가까이에 왔을 때, 태풍을 만나서 배는 침몰하고 승무원은 모두 익사해 버리는 난리가 일어났고 헨리와 안토니 둘만이 구사일생으로 섬의 해안가에 헤엄쳐 왔다는 것입니다.

그렇다면 이 두 영국인은 왜 그렇게 이 섬에 오고 싶었던 것일까요. 거기에는 깊은 까닭이 있었습니다. 둘은 이 섬에 숨겨진 막대한 보물을 찾기 위해서 왔다고 합니다.

헨리는 예의 그 수첩에 이 섬의 지도 같은 걸 그려서 소년들에게 보여주었습니다. 여기가 소년들이 상륙한 해안가, 여기가 소년들이 올라온 산, 여기가 헨리의 동굴, 여기가 호수, 이런 식으로 일일이 손짓으로 가르쳐주었습니다. 그리고 호수 건너편에 사방이 커다란 높은 산으로 둘러싸인 동그란 평지 모양을 그려서 그 원 안에 많은 사람의 모습을 그려서 보여주었습니다.

"어머, 그럼 이 섬은 무인도가 아니었네. 산 건너편에는 토인이 사는 건가?"

라고 깜짝 놀라 수첩을 들여다보고 있으니까, 헨리는 그 인간 같은 모습에서 쓱 쓱 하고 사방으로 선을 그어서 불상의 후광 같은 걸 덧그려놓고 "골드, 골드" 하고 아주 중요한 일인 것처럼 되풀이해서 말했습니다.

소년들은 '골드'라는 것이 '금'이라는 뜻의 영어 단어라는 걸 알고 있었습니다.

그러면 이 섬의 산과 산 사이에 끼인 쟁반처럼 생긴 평지에 사는 토인은 금처럼 빛난다는 걸까, 라고 생각했습니다만, 그런 금색 인간이 있을 리가 없으니까 아마도 토인들 몸에 지닌 의류가 금색인가 보다, 라고 추측했습니다.

데쓰오 군이 자기 옷을 잡아당기면서 '골드?'라고 물어보자 헨리는 몇 번이나 끄덕거리면서 그렇다고 대답하고 다시 수첩에 커다란 사람 한 명을 그렸습니다. 그 사람은 묘한 갑옷 같은 걸 입고 둥근 투구 같은 걸 쓰고 있습니다. 그리고 헨리는 그 갑옷과 투구가 황금으로 만들어졌다는 걸 정확히 보여주었습니다.

"이상하네. 이 아저씨, 열이 많이 나서 꿈이라도 꾼 거 아냐? 이런 섬에 금으로 만든 갑옷을 입은 토인이 살고 있다니 너무 동화 같은 얘기잖아."

이치로 군이 그렇게 말하자 나머지 두 소년도 말도 안 된다는 식으로 웃었습니다. 그것을 본 헨리는 갑자기 눈을 커다랗게 부라리면서 소년들을 혼내듯이 노려봤습니다. 그리고 심각한 얼굴로 결코 거짓말이 아니라는 것을 몸짓으로 보여주었습니다.

마의 호수

헨리는 떠들다가 지쳤는지 힘이 축 빠진 채 한동안 눈을 감고 괴로운 듯이 어깨로 숨을 쉬다가 다시 눈을 뜨고는 수첩을 펼쳐서 그림 하나를 그렸습니다.

그것은 머리도 수염도 새하얀, 영국인 같이 보이는 노인이 손에 지도 한 장을 펼쳐서 자기 앞에 무릎 꿇고 있는 또 다른 인물에게 뭔가를 가르치고 있는 모습이었습니다. 지도에는 이 '야마토섬'의 모양이 그려져 있었고 가르침을 받는 인물은 헨리를 닮았습니다.

헨리는 여러 가지 손짓을 해가면서 자기는 이 그림의 노인에게 이 섬에 대해서 배웠다는 것을 알려 주었습니다. 그 노인은 영국인 수부였는데 지금으로부터 20년 전에 이 섬에 표류했다가 그 톱처럼 생긴 산 건너편에 도착해 신기한 황금 나라를 발견했다는 것을 소년들에게 말해주었습니다. 그리고 거기에는 갑옷이나 투구뿐 아니라, 커다란 돌로 지어진 건물 속에 수많은 금덩어리가 깊이 간직되어 있다는 것을 또 다른 그림을 그려서 알려주었습니다.

계속 이야기를 듣고 있으니 점점 헨리의 말이 사실일지도 모른다는 생각이 들기 시작했습니다. 무서울 정도로 진지한 헨리의 얼굴,

놀라울 정도로 절실한 몸짓과 손짓을 보면 결코 동화나 꿈 얘기가
아니라 왠지 사실을 이야기하고 있는 것 같았기 때문입니다.

호수 건너편에 솟아 있는 높고 높은 바위산, 마치 이 세상의 끝처
럼 보이는 저 톱 같은 산맥 뒤에 어쩌면 헨리 말대로 신기한 세계가
숨어있을지도 모른다, 황금색으로 찬란하게 빛나는 보물나라가 진
짜 존재한다, 이런 생각을 하니까 즐겁기도, 무섭기도 한 이상한 기
분이 들어 소름이 끼치면서 등골이 오싹해졌습니다.

헨리는 아직 의심하고 있는 소년들의 모습을 보고 무슨 생각을
했는지 왼손 셔츠의 소매를 걷어 올렸습니다. 그리고 팔에 끼고 있
던 황금 팔찌를 빼서 데쓰오 군에게 건넸습니다. 헨리는 '이것이 그
증거다.'라는 것을 몸짓으로 보여주었습니다. 그리고 다시 수첩을
펼쳐서 아까 그 백발의 노인이 팔찌를 헨리에게 건네주고 있는 그림
을 그렸습니다.

즉, 이 팔찌는 노인이 황금 나라에서 가지고 온 선물 중 하나였고
그것을 헨리가 노인한테서 받았다는 것입니다.

그것은 뱀의 모양을 조각한 묘한 느낌의 팔찌였습니다. 아이가
장난이라도 친 것처럼 거칠게 깎은 투박한 조각에 치켜세운 뱀의
머리는 당장이라도 움직일 것 같았습니다.

소년들은 팔찌를 번갈아 가며 손에 쥐어보고 살펴보았습니다만,
반짝반짝 빛나는 아름다운 색이며 무게며, 정말이지 진짜 금으로
만든 제품처럼 생각되었습니다.

데쓰오 군은 뭔가 떠올랐는지 그 팔찌를 가볍게 손가락에 걸치고
작은 돌을 주워들어 두들겨 보았습니다. 찡하며 무척이나 아름다운

음색이 울려 퍼졌습니다. 진짜 금이 아니고서는 그런 소리를 낼 수 없을 겁니다.

헨리는 데쓰오 군의 영리한 행동을 보고 씩 웃었습니다. 그리고 '그 팔찌를 너네에게 주겠다'라는 뜻의 손짓을 해 보였습니다. 아마도 그동안 소년들한테서 받은 친절함과 돌봄에 대한 보답이었겠지요.

그날 저녁 불쌍한 영국인은 해야 할 말을 다 하자 안심했는지 저녁노을 속에서 등불이 꺼지듯 숨을 거두었습니다. 그 이상한 황금 팔찌는 소년들이 받은 유품이 된 셈입니다.

단 오륙일 동안의 친구였지만 소년들은 불쌍한 외국인 아저씨의 죽음을 진심으로 슬퍼했습니다.

장례를 치르듯 헨리의 시체 위에 하얀 시트를 덮고 숲속에서 꺾어온 풀이나 꽃을 그의 머리맡에 장식해 두었습니다. 소년들은 야자나무 기름으로 만든 촛불을 에워싸며 죽은 이에 관한 이야기를 나눴습니다.

다음 날 아침 소년들은 일찍부터 숲에 나가서 적당한 나무 조각을 골라왔습니다. 헨리가 그의 친구를 위해서 만든 것과 같은 십자가를 직접 만들어 헨리의 시체를 덮은 흙 위에 세웠습니다.

쓸쓸한 산정 호숫가에 십자가 두 개가 나란히 세워져 있습니다. 헨리와 안토니는 그 아래에서 사이좋게 자고 있는 겁니다.

헨리의 장례식을 마치자 세 소년은 바위산이 만들어 준 그늘에 동그랗게 앉아서 불길할 정도로 고요하고 파란 호수를 바라보며 앞으로의 일에 관해서 이야기를 나누었습니다.

"헨리는 우리한테 황금 나라로 가라고는 얘기하지 않았지만, 분명히 자기를 대신해서 우리가 탐험해주면 좋겠다고 생각했을 거야."

셋 중에서 가장 용기 있는 이치로 군이 탐험 여행을 떠나고 싶어 죽겠다는 얼굴로 입을 열었습니다.

"그건 그렇겠지만 헨리마저도 황금 나라로 가는 길을 정확히 모르는 것 같았는데 아직 어린 우리가 거기까지 제대로 갈 수나 있을까? 헨리 말로는 거기로 가는 길이 꽤 험난할 거라고 했잖아."

데쓰오 군은 생각이 깊은 만큼 얼핏 들으면 겁쟁이로 들릴 수도 있는 말투로 대답했습니다.

"하지만 아무리 기다려 봤자 우리를 구해줄 배 같은 건 오지 않아. 어차피 이 섬에 있어야 한다면 더 깊숙이 안쪽으로 가보고 싶어. 저 높은 산 너머로 그런 아름다운 나라가 있다고 생각하니까 나는 막 설레어서 참기 힘들어져."

다모쓰 군은 정말로 순진합니다.

"맞아. 다모쓰 군이 말한 대로야. 우리는 최악의 경우 평생 이 섬에 갇힐지도 몰라. 어차피 섬에서 빠져나갈 수 없다면 같은 곳에서 어물쩍거리는 것보다 가능한 한 섬 안을 많이 탐험해 보는 것이 좋을 거 같아. 위험하다고 생각되면 거기서부터 되돌아오면 되잖아."

이치로 군은 여러 가지 이유를 생각해 내서 데쓰오 군을 설득시키려고 했습니다. 잠깐 셋 사이에서 의견이 부딪쳤습니다만 마지막에는 그렇게 조심스러운 데쓰오 군도 결국 둘의 생각에 찬성했습니다.

"그러면 갈 수 있는 데까지 가보자. 너희 말대로 같은 장소에서 가만히 있어봤자 소용없으니까."

다모쓰 군은 기쁜 나머지 껑충 뛰어올랐습니다.

"만세! 드디어 탐험대의 시작이다. 자 빨리 준비해서 출발하자."

"잠깐, 기다려봐. 우리가 우선 어느 방향으로 가면 좋을지 그것부터 정하자. 호숫가는 온통 바위산으로 둘러싸여 있으니까 최대한 통과하기 쉬운 곳을 찾아서 제대로 목표를 세우고 나서 출발하는 거야."

이치로 군이 서두르는 다모쓰 군을 말리듯이 말했습니다.

"그거라면 내가 생각이 있어. 뗏목을 만드는 거야. 그리고 그걸 타고 호수를 건너는 거지. 그러면 험악한 산을 타는 것보다 훨씬 편할 거고 짐도 엄청 많이 싣고 갈 수 있잖아. 뗏목을 만드는 시간을 더해봤자 오히려 그렇게 가는 편이 더 빨리 저쪽에 도착할지도 몰라. 우리가 가고자 하는 황금 나라는 정확히 호수 맞은편이니까……."

언제나 그렇듯 생각이 깊은 데쓰오 군이 명안을 제시했습니다.

"아아, 그러네. 그러면 식량도 많이 실을 수 있겠다. 원숭이나 앵무새도 데리고 갈 수 있을 테고. 그럼 뗏목을 만들기로 하자."

이치로 군이 감탄하며 말하자, 다모쓰 군도 "멋있다, 멋있다" 하고 찬성하였습니다.

그날 오후부터 세 소년은 뗏목 만들기에 돌입했습니다. 침몰선에서 찾아온 톱과 큰 도끼가 있었기 때문에 그것을 이용해서 나무를 잘랐습니다. 힘이 가장 센 이치로 군이 나무 밑동에 도끼를 치면 다모쓰 군이 톱을 이용해서 나무를 자르는 것입니다. 자른 나무를 호수에 띄우고 그것을 셋이서 끈으로 엮습니다. 묶을 때 밧줄을 사용하는 것은 아까우니까 숲속에 있는 넝쿨 식물을 잘라서 밧줄 대신 사용하고 중요한 부분만 진짜 밧줄로 묶기로 했습니다.

그다음 날 저녁에는 호숫가에 커다란 뗏목이, 아이들이 만든 것이라고 믿기 힘들 정도로 훌륭하게 만들어진 것이 떠있었습니다. 다모쓰 군은 그것을 보고 뗏목의 진수식이라며 아주 신이 났었습니다.

그날 밤은 동굴에서 자고 동이 트는 걸 기다렸다가 뗏목 위에 도구류를 싣기 시작했습니다. 총 두 자루와 탄환은 물론이고 식료품, 냄비, 식기류, 낚시 도구, 밧줄, 시트와 그 외 의류, 야자유를 넣은 병과 횃불 도구 등 셋의 가재도구 대부분을 실었습니다. 소년들 이외에도 뽀빠이, 안경원숭이, 앵무새까지 온 가족이 빠짐없이 올라탔습니다.

뗏목 양측에는 데쓰오 군의 아이디어인 묘한 노가 하나씩 달려있습니다. 뗏목 나무 끝에 밧줄로 고리를 만들어서 거기에 보트의 노처럼 깎은 나무 막대기를 통과시킨 것입니다. 소년들은 번갈아 가면서 뗏목 끝에 서서 그것을 저으면 되는 겁니다.

날씨는 이루 말할 수 없이 좋았습니다. 호숫물은 거울처럼 잔잔합니다. 산정호수이기 때문에 바닷가보다 훨씬 온도가 낮아 대낮에도 태양 빛을 견디기 힘든 일도 없었습니다.

드디어 뗏목이 강가를 떠났습니다. 세 소년 일가는 이렇게 황금나라 탐험 길에 나선 겁니다.

뗏목이 기분 좋게 쓱쓱 앞으로 나갑니다. 한동안 그렇게 가던 중 갑자기 다모쓰 군이 커다란 목소리로 외쳤습니다.

"이치로 군, 저것 봐. 백조가 있어. 오늘 밤 저녁밥으로 하게 네가 총으로 쏴줘라."

호수 위에서 백조가 헤엄치고 있었습니다.

"응, 그럼 잠시 노 젓는 걸 멈춰 봐. 내가 저 녀석을 쏴볼게."

이치로 군이 신나게 대답하고는 총을 들고 뗏목 한가운데 서서 백조를 겨냥했습니다. 명사수 이치로 군은 단 한 방으로 먹잇감을 맞췄습니다.

서둘러 뗏목을 그쪽으로 저어가자 사냥개 뽀빠이는 답답하다는 듯이 크게 한 번 짓더니 갑자기 풍덩 하고 물속으로 뛰어들어서 헤엄쳐 사냥감을 멋있게 물고 돌아왔습니다.

아아 이 얼마나 즐거운 배 여행인가요. 소년들의 탐험 여행이 끝까지 즐겁게 이어진다면 이보다 더 행복한 일은 없을 거 같습니다.

하지만, 그렇게 되지는 않았습니다. 소년들 앞에는 실로 두려운 위험이 기다리고 있었습니다. 일생 최대의 위험이 기다리고 있는 것입니다.

호수에 사는 악어일까요? 하늘에서 공격해온 사나운 새일까요? 아니면 식인종과 맞닥뜨린 걸까요? 아니, 그런 살아있는 것과 관련된 위험이 아니었습니다. 그럼 갑자기 태풍이라도 불어서 뗏목이 뒤집힌 걸까요?

아니, 그런 천재지변도 아니었습니다. 그것은 이 세상 사람들 그 누구도 경험해보지 못한, 어떤 말로도 표현할 수 없을 만큼 끔찍한 일이었습니다.

뽀빠이의 최후

죽은 듯이 고요한 호수에서 뗏목을 타고 있는 세 소년은 도대체 어디로 가고 있는 걸까요? 소년들도 정확히는 몰랐습니다. 꿈같은 이야기였지요. 호수 건너편에 있는 높디높은 바위산 너머로 황금 나라가 숨어있다는 것입니다. 그 나라에 사는 토인들은 반짝반짝 빛나는 아름다운 투구를 쓰고 황금으로 만든 갑옷을 입는다는 것입니다.

이 험악한 무인경의 산 뒤에 그런 아름다운 세계가 정말로 있는 걸까요? 소년들은 그 이야기를 헨리라는 신기한 영국인한테 들었습니다. 그리고 그 영국인은 이미 죽어버렸지요.

소년들은 반신반의했습니다. 하지만 만약 그런 동화 같은 나라가 정말로 저 산 너머에 있다면 얼마나 멋있을까요. 기묘한 기분이 들었습니다. 마치 눈에 보이지 않는 실로 누군가가 끌어당기고 있는 것처럼 그쪽으로 가야만 할 것 같았습니다.

산정호수였기 때문에 열대의 더위도 그다지 느껴지지 않았습니다. 끝을 알 수 없는 맑은 하늘, 파랗고 고요한 호수, 그 물 위를 뗏목은 마치 너무 즐겁다는 듯 앞으로 스르르 흘러갔습니다.

셋은 바위산 기슭에서 너무 멀어지지 않도록 조심하면서 양쪽 옆에 매달은 노를 천천히 번갈아 저으며 갔습니다. 점심때에는 벌써 호수 바로 건너편에 있는 뾰족 산 아래에 도착했습니다.

소년들은 바위산 밑의 호숫가에 뗏목을 세울 만한 곳이 있는지 주의 깊게 살펴봤습니다만, 모두 깎아내린 듯한 절벽으로 이루어진 강가뿐이고 뗏목을 댈 장소는 없어 보였습니다.

"안 되겠네. 절벽뿐이야. 저 산을 넘어서 건너편으로 갈 수 있는 길은 어디에도 없는 거 아냐?"

이치로 군이 실망한 듯이 높이 솟아 있는 절벽을 올려다 보면서 말했습니다.

"그 영국인은 거짓말을 한 거야. 열병으로 의식이 흐릿해져서 꿈을 꾸고 있던 걸지도 몰라."

다모쓰 군도 아쉬워하며 말했습니다. 어른이라도 이런 높은 절벽을 오른다는 것은 생각지도 못할 것입니다. 산 너머의 황금 나라라고 하는 곳에 갈 수 있는 길은 전혀 없어 보였습니다.

"그렇다면 이 팔찌는 어떻게 된 거지."

데쓰오 군이 노를 젓던 손을 셔츠 주머니에 넣었습니다. 그 영국인한테서 받은 황금 팔찌를 꺼내 새삼스럽게 살펴보면서 이해가 안 간다는 듯이 말했습니다.

"그건 아마 아무것도 아닐 거야. 진짜 금일지는 몰라도 금팔찌 같은 건 어디서라도 만들 수 있잖아. 반드시 이 섬의 황금 나라에서 가지고 왔다는 증거도 없으니."

이치로 군은 속은 것이 억울해 죽겠다는 표정으로 말했습니다.

"그래도, 뭔가 이상해. 잘 봐. 이 팔찌에 있는 뱀 모양은 야만인이 새겼다고밖에 생각할 수 없어. 우리가 만들어도 이것보다는 잘 만들 거 같잖아. 하지만 이 뱀, 뭔가 살아있는 것처럼 이상한 느낌이 들어. 역시 헨리는 사실을 말한 게 아닐까."

데쓰오 군은 아무래도 이해가 안 간다는 식으로 고개를 갸우뚱거리면서 말했습니다. 그리고,

"조금 더 가보자. 우리가 호숫가를 전부 다 본 게 아니니까. 호수를 한 바퀴 삥 돌아서 다시 제자리로 돌아가면 되잖아."
라고 포기할 수 없다는 식으로 말했습니다.

소년들은 다시 노를 젓기 시작했고 절벽을 따라서 뗏목을 전진시켰습니다. 그렇게 조금 가다가 다모쓰 군이,

"아, 커다란 물새가 있어. 지금까지 본 것보다 훨씬 더 커. 이치로 군, 저걸 쏴 봐."
라고 외쳤습니다.

"아, 정말이네. 자, 그럼."

이치로 군은 바로 총을 꺼내서 그 물새에게 조준을 맞추어 탕하고 발포하였습니다.

"맞았다. 자, 뽀빠이 가서 저걸 갖고 와."

보기 좋게 명중했습니다. 이치로 군은 출발한 후로 벌써 물새를 세 마리나 쐈습니다. 이번이 네 번째였고 그중 가장 훌륭한 사냥감이었습니다.

뽀빠이는 지시를 기다릴 필요도 없이 순식간에 물속으로 뛰어들었습니다. 그리고 소년들의 떠들썩한 성원을 뒤로 한 채 물새를 향해서 힘차게 헤엄쳐 갔습니다.

이윽고, 뽀빠이는 아직 퍼덕이는 물새에게 확 달려들어서 잠시 물안개를 피우며 서로 뒤엉키다가 마침내 기운이 빠진 사냥감을 입에 물고 뗏목 쪽으로 방향을 틀어 득의양양하게 헤엄쳐 오기 시작했습니다.

"잘했다, 잘했어. 뽀빠이 대단한데."

소년들은 손뼉을 치면서 칭찬해주었습니다. 바로 그때였습니다. 이유를 알 수 없는 기묘한 일이 벌어졌습니다.

"어, 왜 그러지. 뽀빠이, 뽀빠이, 빨리 헤엄쳐 와. 뭘 그렇게 꾸물대고 있는 거야."

다모쓰 군이 소리쳤습니다.

뽀빠이는 결코 꾸물대고 있는 것이 아니었습니다. 열심히 이쪽을 향해서 헤엄치고 있었습니다. 하지만 전혀 앞으로 나가지 않는 겁니다. 나가지 않을 뿐만 아니라 점점 뒤로 멀어지고 있는 것입니다.

소년들은 그저 멍하니 바라보고 있을 수밖에 없었습니다. 이윽고 데쓰오 군이 상황을 파악하고 소리쳤습니다.

"아, 큰일 났다. 떠밀려가고 있는 거야. 뽀빠이가 물살에 떠밀려가고 있는 거라고."

이 조용한 호수에 그런 센 물살이 있다고는 상상도 할 수 없었습니다만, 수영을 잘하는 뽀빠이가 저렇게 힘들어하는 것을 보면 아마 어마어마하게 빠른 물살이 흐르고 있는 것이 분명합니다. 어쩌면 소용돌이일지도 모릅니다.

뽀빠이는 점점 더 떠밀려갔습니다. 발버둥 치면 칠수록 뗏목에서 멀어질 뿐입니다. 힘들어서 물고 있던 물새마저 입에서 떨어트리고는 있는 힘을 다해 물장구를 치면서 슬픈 소리로 짖어댔습니다.

"아, 빨리 살려줘야 해. 뽀빠이가 죽을지도 몰라. 빨리, 빨리."

다모쓰 군은 당황한 채로 노를 저었습니다. 맞은편에서 데쓰오 군도 다모쓰 군에게 맞춰서 노를 저었습니다.

뗏목은 둘이 젓는 힘보다도 더 빠른 속도로 앞으로 나아갔습니다. 뗏목마저도 물살을 타고 있었던 것입니다.

뽀빠이하고는 20미터나 떨어져 있었는데 그 거리가 점점 좁아졌습니다. 15미터, 13미터, 이윽고 10미터.

뗏목은 크게 튀어나온 바위 모서리를 지나면서 지금까지 보이지 않았던 절벽 앞으로 나왔습니다.

그와 동시에 세 소년의 입에서 비명이 터졌습니다.

아아, 보십시오. 지금까지 커다란 바위 모서리 때문에 가려져 전혀 보이지 않았던 지옥의 입구가 거기에 열려있지 않겠습니까. 절벽 기슭에 괴물의 입 같은 새까만 동굴이 있어서 호숫물은 어마어마한 속도로 그 구덩이 속으로 흘러 들어가고 있었던 것입니다.

뽀빠이는 발버둥을 치면서 구덩이 쪽으로 점점 빨려 들어갔습니다.

구덩이 입구에서 2미터 정도까지 흘러 들어갔을 때, 거기에 끔찍한 소용돌이가 생겼습니다. 뽀빠이는 빙글빙글 팽이처럼 돌면서 슬픈 울음소리를 남기고는 물속으로 모습을 감추고 말았습니다.

소년들은 뽀빠이의 최후를 슬퍼할 겨를도 없었습니다. 뽀빠이와 같은 운명이 소년들을 기다리고 있었으니까요.

"안 되겠다. 뗏목을 돌려놓아야 해. 우리도 빨려 들어가게 돼. 이치로 군, 빨리 이쪽으로 와서 도와줘."

데쓰오 군이 새파랗게 질려서 힘껏 노를 저으며 이치로 군에게 도움을 청했습니다.

이치로 군이 노에 달려들어 데쓰오 군과 힘을 합친 건 말할 필요도 없습니다.

"다모쓰 군도 힘껏 저어."

다모쓰 군도 이를 악물고 열심히 노를 저었습니다.

하지만 세 소년이 힘을 합쳐도 강렬한 물살에는 이길 수 없었습니다.

뗏목은 점점 검은 터널 쪽으로 다가갔습니다. 눈에 보이지 않는 밧줄이 잡아당기고 있는 것처럼 어느샌가 마의 동굴로 빨려 들어가고 있습니다.

기차가 터널 속으로 들어가듯 새까만 괴물의 입이 무서운 속력으로 눈앞에 부딪혀 왔습니다.

'와' 하고 들려오는 세 명의 비명. 쾅 하고 뭔가에 부딪히자 뗏목이 흔들리기 시작했고 소년들은 뗏목 위에서 엉덩방아를 찧고 말았습니다.

그다음 순간에는 이미 동굴의 모양은 보이지도 않았습니다. 눈앞에는 그저 커다랗고 시커먼 암흑만이 펼쳐질 뿐이었습니다.

지옥으로의 여행

동굴로 **빨려** 들어가는 기세가 너무 강해서 소년들은 순간 기절하고 말았습니다.

기절한 채로 언제까지나 눈을 뜨지 않는 게 소년들에게는 오히려 더 행복했을지도 모릅니다. 하지만 셋 다 보통 아이들보다 훨씬 강심장이었기 때문에 그대로 있는 일은 없었습니다. 그중에서도 가장 용기 있는 이치로 군은 바로 정신을 차려 뗏목이 동굴 속으로 매우 **빠른** 속도로 **빨려** 들어가고 있는 것을 알아채자 갑자기,

"머리를 숙여. 모두, 머리를 숙이고 뗏목에 엎드려!"

하고 목청이 터지라고 큰소리로 외쳤습니다.

왜 큰 소리를 내지 않으면 안 되었냐면, 동굴 속의 물살이 고, 고 하며 천둥같이 무서운 소리를 내고 있었기 때문입니다.

다모쓰 군과 데쓰오 군은 그 소리를 어렴풋이 듣고 '아, 그렇구나.'라며 상황을 이해하고는 서둘러 뗏목 위에서 납작하게 '엎드려' 자세를 취했습니다. 동굴이 좁아져서 머리를 맞으면 안 되기 때문입니다. 매우 **빠른** 속도로 **빨려** 들어가고 있어서 혹시 바위 모서리로 머리를 맞기라도 하면 그대로 죽어버릴 수도 있습니다.

소년들은 그렇게 3분 정도를 뗏목 위에 엎드린 채로 움직이지 않

앉습니다. 너무나 무서워서 생각조차 할 수 없었습니다. 죽을 거 같은 심정으로 흘러간 3분 동안, 뗏목이 1마일*이나 흘러간 것처럼 느껴졌습니다. 그 정도로 구멍 속의 물살은 급했습니다.

흐름이 어느 정도 느려지자 물소리도 처음처럼 시끄럽지 않게 되었습니다. 아마도 동굴이 넓어졌기 때문일 겁니다.

"모두 괜찮아? 다치지는 않았어?"

이치로 군의 목소리가 어둠 속에서 울려 퍼졌습니다.

"응, 괜찮아. 너는?"

다모쓰 군과 데쓰오 군이 소리를 맞추어 되물었습니다.

"나도 괜찮아. 모두, 정신 똑바로 차려야 해. 아직 운이 다한 건 아니니까."

이치로 군이 둘을 격려하듯이 힘 있는 목소리로 말했습니다.

"안경원숭이도 앵무새도 무사해. 내가 아까부터 꼭 껴안고 있었어. 이 녀석들 소리도 못 낼 정도로 놀라서 부들부들 떨고 있네."

역시 동물을 좋아하는 다모쓰 군입니다. 이런 상황에서도 불쌍한 가족들을 잊지 않고 있었으니까요.

"노는? 노는 떠내려가지 않았어?"

데쓰오 군의 목소리입니다.

"아, 노가 없네. 떠내려가 버렸나 봐. 그쪽은?"

"내 쪽도 마찬가지야. 노가 있으면 바위에 부딪히지 않게 조심할 수 있는데."

....

* 1마일(mile)은 약 1.6킬로미터(km)이다.

데쓰오 군의 아쉬운 목소리가 들려 온 후 잠깐 아무 소리도 들리지 않았습니다. 깜깜한 암흑 속에서 고, 고하는 물 흐르는 소리만 들려올 뿐이었습니다.

밤의 어둠은 아무리 어두워도 하늘이 살짝 밝아서 집이나 나무의 모양 정도는 구별됩니다. 하지만 이 동굴 속의 어둠은 그런 밤의 어둠과는 비교가 안 될 정도로 깜깜해서 셋 다 장님이 된 거나 마찬가지였습니다.

깊고 깊은 바다 바닥에 사는 심해어는 빛이 전혀 없어서 사물을 볼 필요가 없습니다. 아무것도 볼 필요가 없어졌으니 눈도 없어진 것이겠지요. 이 동굴의 물살 아래에 만약 물고기가 살고 있다면 분명히 그 심해어처럼 눈이 없는 물고기일 것입니다.

그 정도로 어둠이 짙었습니다. 먹물을 부은 것 같은 어둠이었습니다.

"애들아, 우리 이제 어떻게 되는 거지? 이 물은 도대체 어디로 흘러가고 있다고 생각해?"

다모쓰 군의 목소리가 슬프게 들렸습니다. 가만히 있으면 외톨이가 된 것 같아 무서워 견딜 수가 없었습니다. 뭐라도 좋으니 말을 해야만 했습니다.

"그건 모르겠지만 그렇게 빨리 흘렀으니까 호수 수면보다 훨씬 낮은 곳일 거야. 그리고 아직도 아래로, 아래로 흐르고 있는 것 같아."

데쓰오 군이 생각하고, 또 생각해서 대답했습니다.

"아래쪽이라면 우리는 지구 중심으로 흘러가고 있는 거네. 이대로 지구 한가운데로 빨려 들어가는 거 아닌가."

　다모쓰 군이 울먹이는 목소리로 이상한 말을 했습니다. 하지만 다모쓰 군을 비웃어서는 안 됩니다. 누구라도 이때의 셋과 같은 처지에 있었다면 평상시에는 상상도 할 수 없는 끔찍한 일이 생각날 테니까요.

　"하하하."

　이치로 군하고 데쓰오 군이 소리 맞춰서 웃었습니다. 쓸쓸한 웃음소리였습니다.

　"설마, 그럴 일은 없을 거야. 하지만 생각해보면 한 가지 무서운 일이 있어."

　데쓰오 군이 망설이는 듯한 말투로 말했습니다.

　"어? 무서운 일이라니? 뭐? 말해 봐. 빨리, 말해 봐."

　다모쓰 군의 겁먹은 목소리입니다.

　"그것은……"

　데쓰오 군이 말하기를 주저하고 있습니다.

　"에, 그것이 뭔데?"

　"이 흐름의 끝이 폭포가 아닐까 하는 거야."

　"어? 폭포?"

　"아, 그렇구나. 그럴지도 모르겠네."

　호담한 이치로 군마저도 깜짝 놀란 듯했습니다.

　폭포라고 반드시 정해진 건 아니지만 그렇지 않다고도 장담할 수 없습니다.

　만일 폭포라면!

　셋은 온몸이 흠뻑 젖을 만큼 식은땀이 날 정도로 두려워졌습니다.

깜깜해서 아무것도 안 보이는 것이 더 안 좋았습니다. 귀를 기울이면 고, 고하는 물소리 속에 뭔가 이상한 울림이 섞여 있는 듯이 느껴집니다. 혹시 그것이 멀리서 폭포가 떨어지는 소리가 아닐까 하는 생각이 들자, 살아있는 것 같지가 않았습니다.

"모두 최대한 손을 뻗어서 바위를 만져봐. 바위를 만질 수 있으면 뗏목이 흘러가는 걸 막을 수 있을지도 몰라."

이치로 군이 침착한 목소리로 명령했습니다. 이럴 때는 지혜보다도 용기입니다. 힘이 센 이치로 군의 목소리를 들은 둘은 얼마나 마음이 든든한지 모릅니다.

소년들은 위험한 것도 잊은 채 뗏목 위에 일어나 오른쪽, 왼쪽, 위 세 방향으로 최대한 손을 뻗어봤습니다. 하지만 아무리 어둠 속을 더듬어 봐도 손에는 아무것도 닿는 것이 없었습니다. 이치로 군은 긴 총을 가지고 여기저기 찔러봤습니다만 그래도 아무것도 닿는 것이 없습니다.

"여기는 넓은 거야. 아주 넓은 거야. 총으로 찔러봤는데 전혀 만져지는 게 없어."

소년들은 한동안 끈기 있게 더듬었습니다만, 그래봤자 아무런 소용이 없다는 걸 알고 낙담하며 다시 뗏목 위에 엎드렸습니다.

이럴 때, 노를 젓고 있으면 조금이라도 흐름을 거슬러서 뗏목을 돌릴 수도 있었겠지만, 그 노가 두 개 다 떠내려가 버린 겁니다.

이젠 하늘에 맡길 수밖에 없습니다. 소년들의 눈에 눈물이 고이기 시작했습니다. 그리고 깜깜한 암흑 속에서 보고 싶은 아버지나 어머니 모습이 생생하게 떠오르기 시작했습니다. 모두 마음속으로

'아버지! 어머니!' 하고 외치고 있었습니다. 천진난만한 다모쓰 군은
"아버지! 살려주세요!" 하고 소리쳐 외칠 정도였습니다.

동굴에 빨려 들어가서 20분 정도가 지났을까요. 셋은 열심히 하
느님께 기도하고 아버지와 어머니를 생각하고 있었습니다만 그러
는 와중에 뭔가 묘한 일이 벌어졌습니다.

"아아, 더워. 더워 죽겠어."

제일 먼저 다모쓰 군이 그런 말을 하면서 셔츠와 바지를 벗어 던
지고는 발가벗어 버렸습니다.

"정말 그러네. 왜 이렇게 덥지?"

이치로 군도 데쓰오 군도 다모쓰 군을 따라 셔츠와 바지를 벗었습
니다. 셋 다 속옷 차림이 되었지만 그래도 여전히 너무 더웠습니다.

"이상하다. 땅속인데 이렇게 덥다니."

데쓰오 군이 이상하다는 듯이 뗏목 가장자리로 기어가 손을 물속
에 집어 넣어봤습니다. 집어넣자마자 "앗" 하고 소리 지르면서 바로
손을 뺐습니다.

"왜 그래? 데쓰오 군 아냐?"

"응, 이치로 군, 물속에 손을 넣어봐. 뜨거워. 목욕물 같아."

이치로 군도 다모쓰 군도 서둘러 손을 넣어봤습니다. 둘 다 "앗"
하고 소리 지르며 손을 뺐습니다.

"이러니까 덥지. 우리가 끓는 물 속을 떠다니고 있었으니까. 왜
이러지. 왠지 느낌이 안 좋은데."

"아까까지 차가운 물이었어. 갑자기 뜨거워진 거야. 앞으로 나아
갈수록 점점 뜨거워지는 것 같아."

　도대체 이건 무슨 일일까요? 알 수 없는 불길한 느낌이 듭니다. 셋은 얼떨결에 뗏목 한가운데로 모였고 두근두근하며 다음에 일어날 일을 기다릴 수밖에 없었습니다.

　조금 지나자, 이번에도 다모쓰 군이 제일 먼저 알아차리고 괴상한 소리를 냈습니다.

　"어라, 이치로 군. 네 얼굴이 보여. 여 봐 희미하지만 하얗게 보여."

　"아, 정말 그러네. 네 얼굴도 보여."

　"어디선가 희미한 불빛이 들어오고 있는 거 같아."

　셋은 무척이나 기뻤습니다. 조금이라도 빛이 들어오고 있다는 것은 동굴 출구가 가까워졌다는 신호일 테니까요.

　"점점 뚜렷이 보이기 시작했어. 너 얼굴 빨갛다. 아, 데쓰오 군도 새빨가네."

　이치로 군의 말을 듣고 서로의 얼굴을 번갈아 보니 이상하게 얼굴이 새빨개져 있는 게 아니겠습니까. 더위 때문에 얼굴이 상기돼서 그런 걸까요? 아니, 아무래도 그것 때문은 아닌 것 같습니다. 어디선가 빨간빛이 비치고 있는 것 같습니다.

　이윽고 서로의 얼굴을 세세한 부분까지 구별할 수 있게 되었습니다.

　"어머, 저것 봐. 저렇게 김이 올라오고 있어. 와 예쁘다."

　다모쓰 군의 외침에 뗏목 주변을 둘러보니 뭉게뭉게 연기 같은 수증기가 올라오는 것이 보였습니다. 그것도 빨간색으로 비쳐서 그런지, 불꽃처럼 기분 나쁠 정도로 빨갛게 보였습니다. 주변 일대가 훨훨 불타고 있는 것 같았습니다.

　"아, 뜨겁다. 부글부글 끓고 있어."

데쓰오 군이 물에 손을 넣으려다가 깜짝 놀라서 소리쳤습니다. 손가락 끝을 델 뻔했던 것입니다.

주위가 점점 밝아졌습니다. 이제는 동굴의 바위 모양도 확실히 알아볼 수 있게 되었습니다.

기차 터널의 5배는 되어 보이는 커다란 바위의 천장과 어디서 오는지 모를 새빨간 빛에 비친 벽이 아주 뻔덕뻔덕하게 빛나고 있었습니다. 그 빛은 수면에도 반사되는 탓에 물 전체가 타는 듯이 빨갰습니다. 거기서부터 불꽃 같은 수증기가 올라오고 있었습니다.

아름답다고 생각하면 이처럼 아름다운 경치는 없을 것입니다. 하지만 또 무섭다고 생각하면 이처럼 무서운 경치도 없겠지요.

땅 아래에서는 물이 끓어 김이 올라오고, 정체 모를 빨간 불빛은 동굴 전체를 지옥처럼 비추고 있었습니다.

동굴 출구에 가까워졌다고 생각한 것은 말도 안 되는 착각이었습니다. 도대체 이 빨간빛은 무엇일까요? 태양에서 나오는 빛은 아닙니다. 일출이나 일몰이 빨갛다고는 해도 이 정도로 이상한 기분 나쁜 빨강은 아닙니다.

"아, 무슨 소리가 들려. 무서운 소리가 나."

데쓰오 군이 도깨비처럼 새빨갛게 빛나는 얼굴을 일그러트리며 섬뜩한 목소리로 외쳤습니다.

물살의 소리도 꽤 컸습니다만, 어디선가 그것보다 더 큰, 기분 나쁜 드드…… 드드…… 하는 소리가 들려왔습니다. 그 소리는 뗏목이 흘러가면서 점점 더 커지는 것 같았습니다. 빨간빛도 점점 더 강해지는 것 같습니다.

불기둥

소년들은 살아있는 것 같지가 않았습니다. 그중에서도 눈치가 빠른 데쓰오 군은 끔찍한 생각이 들어 온몸에 소름이 돋았습니다.

데쓰오 군은 어느 책에선가 읽은 '땅속의 분화구'라는 것을 떠올리고 있었습니다.

지구 한가운데에는 철도 돌도 흐물흐물하게 녹이는 불덩어리가 있습니다. 그것이 지면의 약한 곳을 뚫고 솟아오르는 것이 분화산입니다. 하지만 그런 화산이 지면 위에만 있다고 단정할 수는 없습니다. 땅 아래 동굴 속에는 없다고 단정할 수가 없는 겁니다.

'어쩌면 여기에서 땅속의 화산이 뿜어져 나오는 거 아닐까?'

데쓰오 군은 그런 생각을 했던 것입니다. 이제 목숨은 없는 것으로 생각했습니다.

소년들은 모두 열기를 견딜 수가 없어서 발가벗었습니다. 그래도 너무나 뜨거워서 견디기가 힘듭니다.

얼굴도 등도 배도 주르륵주르륵 땀이 흘렀고 그 땀은 순식간에 말랐습니다.

셋은 입에서 뭔가를 외치며 뗏목 위에서 몸서리를 치고 있지만 그들의 목소리도 그 수상한 소리 때문에 잘 들리지 않았습니다.

동굴의 모퉁이에 가까워지자 뗏목은 엄청난 기세로 커다란 바위 모서리를 지나갔습니다. 그리고 그와 동시에 소년들의 입에서 비명이 터져 나왔습니다.

오오, 보십시오. 이제야 소년들의 눈앞에 새빨간 불빛의 정체가 모습을 나타낸 것입니다.

동굴은 거기서부터 기차 터널의 열 배 정도로 넓어졌습니다. 50~60미터 떨어진 수면 한가운데에서 높은 바위 천장을 향해 눈이 부실 정도의 불기둥이 솟아 올라오고 있었던 것입니다. 그것은 데쓰오 군이 상상했던 대로 땅속의 분화구였던 것입니다.

불기둥 자체는 빨갛다기보다는 하얘 보였습니다. 백열의 빛입니다. 수면에서 뿜어져 나온 부분은 지름이 40~50센티미터 정도의 두께였지만 위로 올라갈수록 넓어져 20미터나 높은 바위 천장에 부딪히고는 분수처럼 확 사방으로 벌어져 빛의 가루가 되어 아래로 떨어집니다.

소년들은 너무나도 무서워서 기절할 정도여서 생각이라는 것을 할 여유도 없었습니다. 하지만, 만약 그 불기둥이 해롭지 않은 것이었다면 세상에 이처럼 아름다운 경치는 없을 것이라고 단언할 수 있습니다.

그것은 깜깜한 암흑의 지하도 속에서 갑자기 터진 불꽃놀이입니다. 아니 불꽃의 몇십 배나 큰 화염의 꽃잎입니다. 불기둥이 천장에 부딪혀서 부서지는 모습은 정말로 하나의 큰 백합꽃처럼 보였습니다.

꿈에서도 본 적 없는 아름다운 경치, 그리고 꿈에서 본 적 없는 끔찍한 경치이기도 했습니다.

뗏목은 시시각각 그 분화구에 가까이 다가갔습니다. 어마어마한 화염의 불꽃은 순식간에 커져서 소년들의 눈은 그저 백열의 빛으로 가득했습니다.

다모쓰 군과 데쓰오 군은 간신히 기절하는 걸 참았습니다. 뗏목 나무에 매달려서 엎드린 채 죽은 것처럼 꿈쩍도 하지 않았습니다.

그런 와중에 단지 한 사람, 생각할 힘이 남아있던 것은 이치로 군이었습니다. 셋 중 가장 담력이 있었던 것이 바로 이치로 군입니다.

"애들아, 정신 차려! 아직 살아날 방법은 있어. 뗏목을 가능한 한 가장자리 쪽으로 보내면⋯⋯."

하지만 이치로 군의 목소리가 둘의 귀에는 닿지 않았는지 아무런 대답이 없습니다.

"어디, 내가 한번 해볼게."

이치로 군은 힘껏 목소리를 짜내서 소리치더니 갑자기 뗏목 위에서 어깨를 펴고 일어섰습니다. 아이였지만 그 모습은 무서운 형상 그 자체였습니다. 군인 아저씨가 적진에 뛰어 들어갈 때 표정이 분명 이랬을 것이라 상상되는 그런 대단한 모습이었습니다.

무리도 아닙니다. 이치로 군은 지금 생사의 갈림길에 서서 세 명의 목숨을 살리려는 것입니다. 몸에 남아있는 힘을 모두 다 사용했지만 자기 혼자서라도 이 절체절명의 위기를 넘기려고 결심한 것입니다.

이치로 군은 뗏목 한쪽에 쌓아 놓은 식료품이 담긴 나무 상자 쪽으로 달려갔습니다. 그리고 그 상자 뚜껑을 양손으로 잡고 그대로

뗏목의 가장자리에 앉아서 온 힘을 다해 뜨거운 물을 젓기 시작했습
니다.

아무리 물을 저어도 뗏목을 돌릴 수는 없었습니다. 그 장소에 머
물게 할 수도 없었습니다. 물살은 그 정도로 급했습니다. 하지만
죽을힘을 다해서 저으면 뗏목이 흘러가는 각도를 조금이라도 바꿀
정도는 할 수 있을 겁니다. 이치로 군은 그것을 생각해 낸 겁니다.
널빤지로 물을 저어서 뗏목을 될 수 있는 한 불기둥에서 멀리 떨어
뜨려 구석 쪽을 지나가도록 하면 살아남을 수 있을지 모릅니다.

고, 고 하는 분화 소리는 천둥처럼 울려 퍼졌습니다. 하지만 이치
로 군한테는 이제 그런 소리는 들리지 않습니다. 열기가 점점 올라
가 타고 있는 불 속으로 뛰어든 것처럼 괴롭습니다. 하지만 이치로
군은 그 열기마저 느낄 수 없었습니다.

눈앞에는 오로지 한 장의 널빤지가 — 세 명의 목숨을 지켜줄 나
무 널빤지가 있을 뿐입니다.

이치로 군의 두 팔은 철로 만들어진 기계처럼 물을 계속 저었습
니다. 사람의 능력을 넘어선 것 같았습니다. 이치로 소년의 몸에
뭔가 씐 것 같습니다.

오오, 보십시오. 아주 빠른 속도로 흐르고 있던 뗏목이 조금씩
조금씩 동굴의 왼쪽으로 방향을 틀고 있지 않습니까. 잘됐다, 잘 됐
어. 이대로라면 뗏목이 불기둥을 지나갈 때쯤에는 틀림없이 동굴
구석의 가장 안전한 곳으로 흘러갈 겁니다. 아아, 소년들은 살아남
을지도 모릅니다.

이치로 군은 아무것도 보이지 않았습니다. 그저 기계처럼 널빤지

를 움직이고 있었습니다. 하지만 뗏목은 불기둥에서 10미터 정도 거리까지 다가갔습니다.

그때, 안타까운 일이 일어났습니다.

안경원숭이와 앵무새가 어느샌가 껴안고 있던 다모쓰 군의 품을 빠져나와 있었습니다. 너무 무서운 나머지 매우 소란스러운 울음소리를 내며 죽을힘을 다해서 여기저기 날뛰더니 결국 두 마리 다 묶여있던 끈이 풀리고 말았습니다.

끈이 풀림과 동시에 안경원숭이는 물살 속으로 몸을 던졌고 앵무새는 무슨 생각인지 불기둥을 향해서 확 날아 들어갔습니다. 불쌍한 두 마리의 최후였습니다.

이치로 군은 그런 일마저도 몰랐습니다. 오로지 귀를 엄습하는 고, 고 하는 소리와 눈부신 백열 빛 속에서 양손으로 쥔 널빤지만을 바라보고 있었습니다. 팔이 떨어져 나갈 때까지 그 널빤지를 움직이려고 미친 듯이 젓고 있었습니다.

이치로 군의 손바닥에서 피가 흐르기 시작했습니다. 그래도 물을 젓는 것을 그만두지 않았습니다. 양팔이 몽둥이가 된 것처럼 움직이고 있는지 아닌지 자기도 모를 정도였습니다. 그래도 널빤지를 손에서 놓으려고 하지 않았습니다.

고, 고 하는 분화 소리는 세상의 끝이라고 생각될 정도로 무서운 울림이었습니다. 백열 빛은 이치로 군의 두 눈을 태울 정도로 강렬했습니다.

'아아, 지금 불기둥을 지나고 있구나.'

이치로 군은 그것을 확실히 느꼈습니다. 그 순간 마지막 힘을 다

썼는지 철퍼덕하고 뗏목 구석에 웅크려 버렸습니다. 지금까지 물을 젓고 있던 널빤지는 이치로 군의 손을 떠나 소용돌이치는 물살 속으로 휩쓸려 가버렸습니다.

데쓰오 군도 다모쓰 군도 뗏목 위에서 엎드린 채 이미 기절한 상태였습니다. 그리고 마지막까지 싸웠던 이치로 군도 결국 쓰러지고 말았습니다.

대 암흑

여러분, 소년들은 불기둥에 타들어 갔을까요? 아니, 아니. 그렇지 않았습니다. 용감한 이치로 군의 노력 덕분에 뗏목은 불기둥에서 떨어진 동굴의 구석을 지나갔습니다.

너무나 덥고 괴로워서 셋 다 모두 기절했지만, 결코 타 죽지는 않았습니다. 뗏목은 기절한 세 소년을 태우고 불기둥을 뒤로한 채 아주 빠른 속도로 그 끔찍한 지옥에서 멀어져 갔습니다.

어느 정도 시간이 흘렀는지 모르겠지만 가장 먼저 정신이 돌아온 것은 몸이 제일 튼튼한 이치로 군이었습니다.

눈을 뜨고 주위를 둘러봤습니다만 거기에는 아무것도 없었습니다. 사방이 온통 먹물을 뿌린 듯한 어둠뿐이었습니다.

'어라, 나 벌써 죽어버렸나?'

이치로 군은 이렇게 생각했는지도 모릅니다. 그곳은 아무 소리도 나지 않았고 아무것도 움직이지 않았습니다. 차가운 어둠이 묘지 바닥처럼 고요했습니다. 아까까지 눈이 멀 거 같았던 강렬한 빛이나 무서운 소리와는 얼마나 다를까요?

죽지 않았다는 증거로 몸 아래에 뗏목의 목제가 만져졌습니다.

손을 뻗으니까 뗏목 밖에는 얼음처럼 차가운 물이 있습니다. 하지만
신기하게도 그 물이 조금도 흐르고 있지 않은 겁니다. 마치 오래된
늪에 있는 것 같이 기분 나쁜 조용함이었습니다.

물이 있다는 걸 알자마자 이치로 군은 그쪽으로 목을 내밀어서
개가 물을 마시는 것처럼 그 검고 차가운 그 물을 마음껏 마셨습니
다. 그 정도로 목이 말랐습니다.

이제 겨우 살아난 걸 실감했습니다. 그때 처음으로 온몸이 따끔
거리며 아프다는 걸 깨달았습니다. 직접 불기둥을 만진 건 아니지만
그 근처를 지나갔기 때문에 화상을 입은 거 같습니다.

손으로 물을 길어서는 아픈 곳에 적시자 정신이 점점 확실히 돌
아왔고, 다모쓰 군과 데쓰오 군의 상태가 걱정되었습니다.

"다모쓰 군……. 데쓰오 군……."

이치로 군은 어둠 속에서 이름을 부르며 뗏목 위를 기어가 손으
로 더듬어봤습니다. 마침 그때 다모쓰 군이 정신이 돌아와 몸을 움
직이고 있었습니다.

이어서 데쓰오 군도 정신이 돌아온 것 같았습니다. 이치로 군은
무엇보다 우선 둘에게 물을 마시라고 했습니다.

둘은 뗏목 가장자리로 기어가서 마음껏 물을 마시고 화상 입은
부위에 물을 끼얹었습니다. 셋은 서로 얼굴도 보이지 않는 어둠 속
에서 손을 잡으며 살아있는 걸 기뻐했습니다.

"다행이다. 하지만 어떻게 해서 살아났지? 나는 타 죽을 거라고
생각했었는데."

데쓰오 군이 신기하다는 듯이 말했습니다.

이치로 군은 자랑하는 것처럼 보이지 않도록 조심하면서 나무 널빤지로 물을 저어 뗏목을 불기둥에서 멀어지게 한 일을 이야기했습니다.

"아아, 그랬구나. 그럼 네가 살려준 거네. 너는 우리 둘의 생명의 은인이야."

데쓰오 군은 이치로 군의 손을 꽉 잡고 너무나 고맙다는 듯 말했습니다.

"고마워, 이치로 군. 나도 네가 살려준 거야."

장난꾸러기 다모쓰 군도 평상시와 달리 감격한 목소리로 이치로 군의 손을 잡았습니다.

잠시 셋은 눈물을 흘리면서 서로의 손을 꼭 잡고 있었습니다. 이윽고 셋 다 너무 추워서 견디기 힘들다는 사실을 깨달았습니다.

정말로 그 어둠의 세계는 모든 것이 조금 전에 겪었던 불기둥 근처하고는 정반대였습니다. 온도까지도 열대에서 갑자기 한대로 온 것처럼 달랐습니다.

셋은 "춥다.", "춥다."라고 말하면서 손으로 더듬어 아까 벗어 던진 셔츠와 바지를 찾아내 서둘러 입었습니다만, 그래도 여전히 추워 죽을 것만 같았습니다. 그래서 뗏목에 쌓아 놓은 하얀 시트 천을 찾아서 각자 그것을 셔츠 위에 둘둘 말아 간신히 추위를 견디었습니다.

"너희, 배고프지 않아? 나는 배고파."

가장 많이 일한 이치로 군이 제일 먼저 배고프다고 말했습니다.

"응, 나도. 상자 안에 식량이 들어있었지. 그걸 먹자."

다모쓰 군이 바로 찬성하였습니다.

그래서 셋은 다시 손으로 더듬으며 뗏목에 싸놓은 나무 상자 근처로 가서 그 속에 있는 새 고기 훈제라든지, 빵나무 열매 등을 꺼내서 배불리 먹었습니다.

"아아, 맛있었다. 아직 많이 남았지. 아직 오 일치 정도는 남아있을 거야."

먹는 거에 있어서는 다모쓰 군이 제일 빈틈이 없습니다. 손을 더듬어서 상자 속의 식량을 정확히 계산했으니까요.

모두 배가 불러오자, 어둠의 두려움을 점점 마음속 깊은 곳에서부터 느끼기 시작했습니다.

"뭔가 이상하네. 여기는 어디지? 어째서 이렇게 조용하지?"

다모쓰 군이 참기 힘들다는 듯이 입을 열었습니다.

"아직 동굴 안이야. 만약 동굴 밖이라면 아무리 밤이라도 희미하게 뭔가 보일 테니까."

데쓰오 군이 사려 깊은 어조로 말했습니다.

"그럼 어째서 물이 안 움직일까. 마치 늪 같잖아."

"그건 여기가 마치 못처럼 되어 있어서 그럴 거야. 강에도 물이 전혀 흐르지 않는 못이라는 게 있잖아. 그거야. 여기는 동굴 속의 못이 틀림없어."

"깜깜해서 전혀 모르겠는데, 여긴 넓은가?"

"아무래도 넓은 거 같아. 나는 아까부터 총을 들고 혹시 바위에 부딪히지 않을까 하고 살펴봤는데 아무 데도 닿는 데가 없어."

이치로 군의 목소리였습니다.

"아, 좋은 생각이 떠올랐다. 내가 뭔가 던져서 시험해볼게."

다모쓰 군은 그렇게 말하고는 나무 상자 옆의 냄비 속에 넣어놨던 접시 한 장을 꺼내서 갑자기 어둠을 향해서 던졌습니다.

분명히 바위에 맞아서 깨지는 소리가 날 줄 알았습니다만, 그런 거 같지는 않고 잠시 후에 멀리서 풍당 하고 물 튀는 소리가 났습니다.

"어디, 그럼 이번에는 이쪽이다."

하고 다시 접시를 꺼내서 반대 방향으로 던졌습니다만, 이번에도 마찬가지로 물 튀기는 소리만 날 뿐이었습니다.

"와, 진짜 넓구나!"

다모쓰 군은 자기도 모르게 큰소리로 외쳤습니다. 그러자 어딘가 먼 곳에서 희미한 목소리로,

"와, 진짜 넓구나."

하고 누가 외쳤습니다.

조금만 생각해보면, 그것이 메아리라는 것을 금방 알 수 있습니다만, 서로 얼굴도 보이지 않는 깜깜한 어둠 속이기 때문에 저쪽에 누가 있는 듯한 느낌이 들어서 무서워지기 시작했습니다.

시범 삼아 커다란 목소리로 "어이" 하고 외쳐보면 "잉" 하는 소리로 어디서부턴가 "어이" 하고 대답합니다. 그리고 잠시 후에 훨씬 멀리서 처음보다 작은 소리로 "어이" 하는 게 들리고는 다시 더 희미한 소리로 훨씬 더 멀리서 "어이" 하고 울립니다. 반향이 반향을 불러서 하나의 소리가 이중 삼중으로 메아리치는 겁니다.

"아주 넓나 봐."

이치로 군이 메아리 소리에 질려서 속삭이는 목소리로 말했습니다.

"아주 넓은 것 같아."

"우리 언제 여기서 나갈 수 있을까."

다모쓰 군은 불안한 목소리로 말했습니다.

"이대로 가만히 있으면 언제가 되든지 간에 밖에 나갈 수 없을 거야. 물이 전혀 흐르고 있지 않잖아."

데쓰오 군도 겁먹은 소리를 냈습니다.

"그럼 우리가 뗏목을 저어보자. 어느 쪽으로 가야 하는지 모르겠지만 젓고 있으면 어디론가 나가겠지. 가만히 있는 것보다는 낫잖아."

이치로 군이 둘의 기운을 북돋우듯이 말했습니다.

"젓는다고 해도 노를 잃어버렸잖아. 저을 수 있는 게 없어."

"없지는 않아. 이봐 아까 나는 상자 뚜껑으로 물을 저었다고 말했잖아. 그 뚜껑 널빤지는 흘려보냈지만, 아직 상자가 남아있어. 저걸 부숴서 나오는 널빤지로 저으면 돼. 빨리는 가지 않겠지만 열심히 저으면 어딘가 나올지 모르잖아."

"아, 그러네. 그럼 한번 해볼까."

소년들은 식량이 들어있던 나무 상자를 부수고 적당한 널빤지 두 장을 만들어 한 명씩 뗏목의 양쪽 가장자리에 앉아서 물을 젓기 시작했습니다.

깜깜한 암흑 속이기 때문에 뗏목이 앞으로 나가고 있는지 어떤지 전혀 모릅니다. 아무리 물을 저어도 같은 곳에 머물러있는 느낌도 듭니다. 이 얼마나 불안한 작업인지요.

그래도 소년들은 번갈아 가며 끈기 있게 노를 저었습니다. 달리 이 끔찍한 동굴에서 빠져나갈 길이 없다는 걸 잘 알고 있었기 때문입니다.

　하지만 아무리 저어도 눈앞에 희미한 불빛조차 보이지 않습니다.
아무리 가도 암흑뿐입니다. 끝없는 거대하고 거대한 암흑의 세계인
것입니다.

　널빤지로 노를 젓고 있을 때, 배가 고팠기 때문에 셋은 번갈아
가며 식사를 했습니다. 그런 식사를 두 번이나 반복했습니다. 시계
가 없어서 잘 모르겠지만 노를 젓기 시작해서 반나절 이상은 지난
것 같았습니다. 그래도 주위에는 조금의 변화도 없습니다. 겹겹이
겹친 어둠만이 셋을 꽉 안고 있었습니다.

별이다! 별이다!

여러분, 만약 우리에게 눈이라는 것이 없었다면 이 세상은 얼마나 쓸쓸하고 불안할까요? 온 세상이 한없이 깜깜한 어둠이었다면요. 나무도 꽃도 문도 장지도 책상도 아버지나 어머니도 친구들마저도 그 색이나 모양을 볼 수가 없는 겁니다. 오로지 손으로 만져보고서야 그런 것이 있다는 것을 알 뿐입니다.

이치로 군, 다모쓰 군, 데쓰오 군 세 소년은 지금 딱 그런 눈이 없는 세계에 있는 거나 마찬가지입니다. 셋은 결코 장님이 된 것이 아닙니다. 눈은 제대로 있으면서도 아무것도 보이지 않게 된 것입니다.

왜냐하면, 거기에는 어떠한 희미한 불빛마저도 없기 때문입니다. 물건이 보이는 것은 빛이 있기 때문이니까, 그 빛이라는 것이 전혀 없다면 마치 눈이 없어진 것과 마찬가지입니다.

아무리 깜깜한 어두운 밤이라도 하늘의 희미한 빛으로 어렴풋이 사물의 모양을 알 수 있지만, 여기에는 그런 희미한 빛마저도 없습니다. 정말로 장님이 된 것과 마찬가지일 정도로 칠흙 같은 어둠입니다.

소년들은 어떻게 해서든 이 끔찍한 어둠에서 벗어나려고 뗏목에 실은 나무 상자의 널빤지로 연신 물을 저어서 뗏목을 앞으로 나아가 게 했습니다. 그렇게 반나절 정도나 물을 저었지만 아무런 변화가 일어나지 않았습니다. 아무리 만져보려 해도 손에 만져지는 것이 아무것도 없습니다. 어둠은 점점 짙어만 갈 뿐입니다.

"이상하다. 저으면 저을수록 동굴이 넓어지는 거 아냐? 도대체 우 리 뗏목은 움직이기는 하는 걸까. 계속 같은 곳에 있는 것 같은 기분 이 든단 말이야."

이치로 군의 낙심한 듯한 목소리가 어둠 속에서 들려왔습니다.

"나가지 않는 건 아니야. 물에 손을 넣어보면 뗏목이 움직이고 있는 걸 알 수 있어."

생각이 많은 데쓰오 군은 뗏목 가장자리에 쭈그리고 앉아 물에 손을 넣고 있는지 낮은 곳에서 목소리가 들려왔습니다.

"하지만, 이상하다. 아무리 넓다고 해도 우리는 벌써 7~8시간이나 널빤지를 젓고 있단 말이야. 바위나 벽에 부딪힐 법하지 않나. 벽 쪽에서 도망치고 있다고밖에 생각이 안 돼."

"싫어. 그런 말 하지 마. 나 무서워. 마치 이 근처에 마물이라도 있는 것 같잖아."

다모쓰 군의 울먹이는 목소리입니다.

정말로 이 어둠 속에는 땅속의 마물이 있어서 소년들을 괴롭히고 있는 건 아닐까요. 그런 생각을 하자, 셋은 소름이 돋아서 자기도 모르게 조용해졌습니다.

"아, 누구야? 깜짝 놀랐잖아."

이치로 군이 놀라서 소리쳤습니다.

"나야. 나 무섭단 말이야."

다모쓰 군이 견디다 못해 손을 더듬어서 이치로 군에게 매달려 왔습니다.

"나는 아예 미쳐버리겠어. 자, 애들아, 나 좀 안아줘. 자, 빨리."

항상 해맑고 온화한 성격의 다모쓰 군이지만 그만큼 누구보다도 제일 무서움을 탑니다. 전혀 숨기려고 하지 않습니다.

이를 계기로 셋은 노 젓는 걸을 그만두고 뗏목 한가운데 한 덩어리가 돼서 서로의 몸을 껴안은 채 가만히 있었습니다.

잠시 후에 데쓰오 군이 뭔가를 생각해 낸 듯이 깊이 생각에 잠긴 어조로 말했습니다.

"마물 같은 건 없어. 그런 말도 안 되는 일은 없을 거야. 하지만, 나 지금 문득 생각이 났는데 말야. 우리들의 뗏목이 같은 곳을 계속 빙글빙글 돌고 있었던 건지도 몰라."

"어? 빙글빙글 돌다니? 어째서."

이치로 군이 깜짝 놀란 듯이 물었습니다.

"우리는 뗏목의 양쪽 가에서 널빤지로 물을 젓고 있었잖아. 그래서 만약 그 젓는 힘이 오른쪽하고 왼쪽이 조금씩 차이가 나면 어떻게 될 거 같아?

힘이 센 쪽이 약한 쪽보다 조금씩 빨리 앞으로 나가겠지. 그러면 뗏목은 힘이 약한 쪽으로 방향을 틀게 되잖아. 조금씩 조금씩 말이야. 하지만 두 시간이나 세 시간이나 노를 젓고 있는 사이에 빙그르르 하고 한 바퀴 돌고 다시 원래 제자리로 돌아오게 되지. 그리고 커다란 원처럼 언제까지나 같은 곳을 돌고 있었는지도 모르는 거야."

"아, 그렇구나. 나 그런 이야기 들은 적 있어. 흐린 날에 사막을 여행하던 사람이 아무런 표적이 없어서 자기도 모르게 같은 곳을 빙글빙글 돌았다는 이야기 말이야. 오른발하고 왼발이 조금씩 걷는 힘이 다르기 때문이래."

"맞아. 나도 그 이야기가 생각 난 거야. 여기도 깜깜한 어둠 때문에 아무것도 안 보이잖아. 그 사막하고 같은 거야."

"그럼, 어떡하면 좋지. 왼쪽하고 오른쪽을 똑같은 힘으로 젓는 건 무리야."

만약 데쓰오 군의 생각이 맞았다면 소년들의 뗏목은 넓고 넓은 어둠의 동굴 속에서 미래영겁*으로 커다란 원을 그리고 있어야 합니다. 사막의 여행자는 하늘만 개면 태양이나 별을 보고 방향을 정하는 것이 가능하지만 이 동굴에서는 아무리 기다려도 태양도 별도 나오지 않습니다.

실로 아주 작은 일입니다. 단지 오른쪽과 왼쪽의 젓는 힘이 아주 조금 다르다는 이유로 영원히 그 칠흑 같은 세계에서 빠져나갈 수 없다니 생각만 해도 끔찍한 일이 아니겠습니까.

"우리는 어떻게 하면 되지? 응? 어떻게 하면 돼?"

다모쓰 군이 슬픈 목소리로 말하면서 한층 더 강하게 둘에게 안겨들었습니다.

셋은 서로 껴안은 채 잠시 조용히 있었습니다만, 이윽고 데쓰오 군의 목소리가 들려왔습니다.

....

* 미래영겁(未來永劫)이란 앞으로 닥쳐올 영원한 세상이란 뜻이다.

"나, 너희 얼굴을 보고 싶다. 이렇게 껴안고 있어도 아무것도 안 보이잖아. 정말로 이상한 기분이야. 암흑이 이렇게 무섭다는 걸 난 여태껏 몰랐어. 다모쓰 군은 아니지만, 이렇게 가만히 있으니까, 미쳐버릴 것만 같아."

그러자 누군가가 갑자기 '와' 하고 울기 시작했습니다. 다모쓰 군입니다. 그리고 울면서 뭐라고 합니다.

"하느님, 하느님……. 부디 저희를 살려주세요……. 하느님 부탁입니다……. 살려주세요……. 살려주세요."

다모쓰 군의 기도 소리에 따라서 나머지 둘도 각자 입속에서 기도를 올리기 시작했습니다. 이젠 인간의 힘으로는 어떻게 할 수가 없었던 것입니다. 데쓰오 군의 지혜도, 이치로 군의 용기도 이 신기한 운명을 타개할 힘은 없었습니다.

셋은 기도를 하면서 울었습니다. 아직 학교에 입학하지 않은 아이들처럼 울었습니다. 하지만 이 소년들을 비웃어서는 안 됩니다. 아무리 잘났어도 셋 다 아직 어린 아이들입니다. 이런 상황에 부닥치면 어른이라도 울지 모릅니다. 게다가 셋이 지금까지 온갖 고생을 참고 견디고 난 후에 일어난 일입니다. 이젠 힘도 지혜도 다 써버렸습니다.

긴 시간이 지났습니다. 울다 지친 셋은 뗏목 한가운데에서 한 덩어리가 되어 죽은 듯이 쓰러져있었습니다. 자고 있었는지도 모릅니다. 아니, 잔다는 그런 한가한 기분이 들 수는 없었습니다. 잔 것이 아니라 머리가 저려서 비몽사몽의 경지를 헤매고 있었는지도 모릅니다.

어느 정도 그러고 있었을까요. 나중에 생각해 봐도 셋은 그 시간의 길이를 정확히 기억해 낼 수가 없었습니다. 그저 한 시간 정도였던 것 같기도 합니다. 아니면 이틀이나 사흘이 지난 것처럼 느껴지기도 했습니다.

제일 처음 알아차린 것은 다모쓰 군입니다. 다모쓰 군은 셋 중에서 가장 민감합니다. 웃는 것도 우는 것도 누구보다 빠르고 눈이나 귀나 피부의 느낌도 예민합니다.

비몽사몽이던 다모쓰 군은 어렴풋한 바람 같은 것이 볼 언저리를 스치고 지나간 걸 느꼈습니다.

역시 아무것도 안 보이는 어둠 속이었지만 그래도 지금까지와는 다른 일이 일어난 것처럼 느껴졌습니다. '어라?' 하는 느낌이 들었습니다.

그래서 다모쓰 군은 재빨리 머리를 들고 주위를 두리번두리번 둘러봤습니다. 하지만 오른쪽, 왼쪽, 앞, 뒤로 둘러봐도 여전히 아무것도 안 보입니다. 그다음 다모쓰 군은 눈을 동굴 천장으로 향해서 올려다봤습니다.

"앗!"

다모쓰 군은 자기도 모르게 소리쳤습니다. 그 천장에 뭔가 보석처럼 반짝반짝 빛나는 것이 하나, 둘, 셋……. 세어 보니 스무 개 이상이나 보입니다.

"이치로 군, 데쓰오 군, 잠깐 일어나봐. 뭔가가 반짝반짝 빛나고 있어."

힘을 주어 둘을 흔들어 깨웠습니다.

"어, 왜 그래?"

이치로 군도 데쓰오 군도 꿈에서 깨어난 것처럼 깜짝 놀라서 일어났습니다.

"저거야. 저것 봐. 저렇게 빛나고 있어."

셋은 몇 번이나 눈을 비비면서 작고 빛나는 것을 바라보고 있었습니다. 곧이어, 데쓰오 군이 커다란 목소리로 외쳤습니다.

"아, 별이야. 저건 하늘에서 빛나고 있는 별이야. 별이 보인 거야. 별이다! 별이다!"

그 말을 들으니 정말로 그것은 다름 아닌 별이었습니다. 다모쓰 군은 동굴 안이라고만 생각하고 있어서 저 멀고 먼 하늘의 별이 바로 머리 위에 있는 동굴 천장에서 빛나고 있는 것인 줄만 알았습니다.

별이 보인다는 것은 이제 더는 동굴 속이 아니라는 말입니다. 뗏목은 어느샌가 무서운 땅속의 어둠의 나라에서 빠져나왔던 것입니다.

"와, 살았다. 우리는 산 거야. 하느님이 살려주신 거라고."

이치로 군이 자기도 모르게 소리치자 나머지 둘도 뭐라고 소리를 지르며 뗏목 위에 일어나서 기쁨을 만끽했습니다.

악어

앞으로 어떻게 될까 걱정했던 셋은 기적처럼 살아났습니다. 그렇다 치더라도 젓지도 않았던 뗏목이 어떻게 동굴 밖으로 나온 것일까요. 믿을 수 없을 정도의 행운이지 않습니까.

하지만 그건 나중에 잘 생각해보니 아무 일도 아니었습니다. 즉, 셋이 이젠 안 되겠다고 젓는 걸 포기한 것이 오히려 다행이었던 것입니다. 넓은 동굴 속의 물은 조금도 움직이지 않는 것처럼 느껴졌지만 실은 아주 조금씩 움직이고 있었습니다. 그 흐름이 너무 느려서 전혀 느끼지 못할 정도였지 어쨌든 흐르기는 흐르고 있었던 것입니다.

그래서 물을 젓는 걸 그만둔 뗏목은 그 느린 물의 움직임에 따라 동굴의 출구 쪽으로 자연히 흘러갔던 것입니다. 아마도 대여섯 시간, 아니면 더 긴 시간이 걸려서 드디어 출구에 다다랐고 셋의 머리 위에서 하늘의 별이 빛나는 행운이 찾아온 것이지요.

"다행이다. 이젠 괜찮아. 여기가 어디인지는 모르겠지만, 날이 밝으면 상륙할 곳도 찾을 수 있을 거야."

이치로 군이 기쁜 듯이 말하자 생각이 많은 데쓰오 군은 아직 안

심할 수 없다는 듯이,

"하지만 이상하네. 봐 봐. 별이 보이는 것은 저 가느다란 하늘뿐
이잖아. 구름으로 가려졌나? 뭔가 이상해."

라며 수상히 여겼습니다.

"아, 알았다. 구름이 아니야. 바위산이야. 우리 양옆으로 높은 바
위산의 절벽이 솟아 있는 거야. 그래서 하늘이 저렇게 가늘게 길게
만 보이는 거라고. 그렇지. 잘 봐 봐."

가장 눈썰미가 좋은 다모쓰 군이 제일 먼저 그걸 알아차렸습니다.

이제 여기는 더는 동굴 안이 아니므로 아무리 어두워도 주위의
모습이 어렴풋이는 보입니다.

"아, 그러네. 양옆이 아주 대단한 바위벽이야. 우리는 지금, 깊은
계곡을 흐르고 있는 거야."

바위산의 높이는 몇십 미터인지 알 수 없을 정도였습니다. 그것
은 깎아내린 듯이 똑바로 솟아 있어서 계곡의 폭은 겨우 7~8미터밖
에 되지 않았습니다. 아주 커다란 바위의 틈새 같은 장소입니다.
뗏목을 대고 상륙할만한 강가는 어디에도 보이지 않았습니다.

넓은 동굴 속에서는 그렇게 천천히 흐르던 물도 이 좁은 계곡에
서는 꽤 빠르게 흐르고 있었습니다. 물에 손을 넣어보면 뗏목이 쭉
쭉 앞으로 나가고 있는 걸 느낄 수 있었습니다.

가만히 양옆의 바위를 보고 있다 보면 앞으로 나갈수록 그 폭이
조금씩 넓어지는 느낌이 들었습니다.

"아아, 이제 괜찮아. 이 계곡만 지나고 나면 아마 평지가 나올 거
야. 봐 봐. 하늘의 별이 점점 늘어나고 있는 게 보이지. 그만큼 계곡

사이가 넓어지고 있다는 거야."

"정말이네. 날이 밝아올 때쯤이면 어딘가 강가에 올라갈 수 있을 지도 모르겠다. 잘 됐다. 나는 이번에는 정말로 죽을 거로 생각했어. 살았다, 살았어. 하느님에게 감사하다고 말해야겠다."

다모쓰 군은 그렇게 말하고 이상한 가락을 붙여서 기도문 같은 문구를 길게 중얼거리고 있었습니다. 그것이 끝나자 깜짝 놀랄만한 큰 소리를 냈습니다.

"아, 배고프다. 빨리 뭔가 먹어야겠다."

그 말을 듣자 다른 둘도 갑자기 배고픔을 느끼기 시작했습니다. 지금까지는 무아지경으로 배가 고픈 걸 느낄 여유도 없었지만 이제 살았다며 안심한 탓인지 허기가 져서 뭔가 먹고 싶어졌습니다.

셋은 아직 뗏목 위에 남아있던 식량을 손으로 더듬어서 주워 모아 어둠 속의 식사를 시작했습니다. 훈제한 새 고기, 빵나무의 열매, 단 과일 등 무엇을 먹든 간에 볼이 찢어질 정도로 맛있었습니다.

그러고 나서 한 시간 정도 지나자 하늘은 처음의 열 배 정도의 넓이가 되었고 하늘이 희미하게 밝아오기 시작했습니다. 상쾌한 파란 하늘이 점점 밝아옴에 따라 별빛도 엷어지고 이윽고 그것이 전혀 안 보이게 되었을 때는 하늘은 눈부실 정도가 되었습니다. 양옆의 높은 바위산도 생생하게 모습을 나타냈습니다.

소년들은 이렇게 아름다운 아침을 본 것이 태어나서 처음인 것 같은 느낌이 들었습니다. 정말로 다시 태어난 것 같은 기분입니다. 태양의 고마움이 이때만큼이나 절실하게 느껴진 적은 없었습니다.

"아, 파란 나무가 보인다. 저 봐, 저기를 봐 봐."

예민한 다모쓰 군이 가리킨 곳을 보니 바위산 사이 너머로 파랗게 우거진 숲이 보였습니다. 계곡이 거기서 끝나고 강은 평지로 흘러나왔습니다. 그 강가에 즐비하게 늘어선 열대 나무의 숲이 초록색으로 반짝이고 있었습니다.

"와, 평지다. 상륙지점을 찾을 수 있을 거야. 만세! 만세!"

다모쓰 군이 신이 나 일어서면서 소리치자 둘도 따라서 소리 높여 만세를 외쳤습니다.

노를 저을 필요도 없이 뗏목은 흐름에 맡겨 점점 폭이 넓어지는 계곡을 조용히 흘러내려 갔습니다. 뗏목이 앞으로 나갈수록 양쪽 강가에 띠처럼 보였던 초록 숲이 1미터, 2미터 씩 좌우로 펼쳐지면서 이쪽으로 다가왔습니다. 그 경치의 아름다움, 즐거움은 무엇에도 비유할 수 없습니다.

그러고 나서 한 시간 정도 후, 뗏목은 드디어 바위산에서 멀어져 평지의 강으로 흘러 들어갔습니다. 매우 넓은 강이었습니다. 강이라기보다는 커다란 연못이라고 하는 편이 맞을지도 모릅니다. 파도가 전혀 없는 고요한 물, 그 주위를 녹색 숲이 빙 둘러싸고 있었습니다.

계곡을 나오자마자 물살이 느려지고 뗏목은 앞으로 나아가지 않았습니다. 소년들은 다시 나무 널빤지 노로 물을 저어야만 했습니다.

"아아, 덥다. 이제 이런 거 필요 없어."

다모쓰 군이 제일 먼저, 몸에 두르고 있던 천을 벗어 던졌습니다. 나머지 둘도 다모쓰 군을 따라서 벗어 던진 것은 말할 필요도 없습니다. 셔츠와 반바지의 경쾌한 차림으로 열심히 노를 저었습니다.

뗏목은 기름을 칠한 것처럼 부드럽게 물 위를 거침없이 나아갔습니다.

반짝반짝 빛나는 하늘, 파랗게 물든 물, 진한 초록색의 숲, 마치 그림으로 그린 듯한 경치입니다.

하지만 뗏목이 연못의 중앙 정도에 다가갔을 때, 갑자기, 정말로 갑자기 그 고요함 속에서 깜짝 놀랄만한 일이 벌어졌습니다.

"까아, 까아." 하는 괴성이 제일 먼저 들렸습니다.

깜짝 놀라서 그쪽을 보니 건너편 강가 가까운 수면에 뭔가 작은 것이 물 위에 떠서 첨벙첨벙 물을 튀기고 있는 것입니다.

"어라, 저건 뭐지? 아, 인간이다. 인간이야."

"어린아이 같아. 토인의 아이다."

열두 세 살쯤 되어 보이는 토인 아이가 혼자서 수영을 하고 있었습니다. 하지만 어째서 저렇게 비명을 지르고 허둥대고 있는 걸까요?

"아, 아이 뒤에 뭔가가 헤엄치고 있어. 이상한 것이 헤엄치고 있어."

"저거 악어 아냐?"

"어? 악어라고?"

이윽고 그 정체를 분명히 알 수 있게 됐습니다. 악어입니다. 커다란 악어 한 마리가 토인 아이를 한입에 삼키려고 쫓아오고 있었습니다.

그때, 아이의 비명 말고 또 다른 비명이 들려오기 시작했습니다.

자세히 보니 강가의 수풀 더미 속에서 힐끗힐끗 사람의 모습이 보였습니다. 머리를 길게 어깨까지 늘어트린 발가벗은 사람입니다. 여자 같습니다. 아이의 어머니일지도 모릅니다.

그 두 비명이 서로 섞여서 소리 높이 울려 퍼지고 있는 와중에 토인의 어린이와 악어가 죽을힘을 다해서 경쟁하고 있었습니다.

아이와 악어의 거리가 겨우 3미터 정도입니다. 게다가 그 거리가 점차 줄어들고 있었습니다.

아무리 수영을 잘한다 해도 아이의 힘으로는 도저히 악어를 이길 수 없습니다.

악어가 점점 가까워지고 있습니다. 아, 이제 겨우 2미터 정도가 되었습니다. 위험해! 다음 순간 바로 꿀꺽입니다. 보세요. 저 큰 악어가 쫙 벌린 입을!

아무도 도와주려는 사람이 없습니다. 숲속에서 소리치고 있는 여자도 물속에 뛰어들어서 아이를 구해줄 용기는 없는가 봅니다. 용기가 있었다고 해도 가련한 여자의 힘으로는 어떻게 할 수가 없습니다.

세 소년도 뗏목에서 일어서서 안절부절못한 채 손에 땀을 쥐고 있을 뿐입니다. 도와주려고 해도 너무 멀어서 그럴 여유가 없습니다.

"이치로 군, 총을. 총을."

데쓰오 군이 외쳤을 때 이치로 군은 이미 총을 쥐고 악어에게 조준을 맞추고 있었습니다. 한 발에 맞추지 않으면 안 됩니다. 놓치면 큰일입니다.

그러는 사이에 악어는 벌써 아이 바로 뒤까지 따라왔습니다. 1미터도 떨어지지 않았습니다. 아아, 위험해! 지금이라도, 금방이라도 꿀꺽하고 삼켜버릴 것만 같습니다.

그때, '탕' 하고 공기가 파열하는 느낌이 들었습니다. 뗏목이 흔들흔들 흔들리고 이치로 군의 총 끝에서 하얀 연기가 뿜어져 나왔습니다.

발포한 것입니다.

소년들의 눈은 일제히 악어로 향했습니다.

"맞았다! 맞았어!"

다모쓰 군의 신난 목소리.

총알은 보기 좋게 악어의 머리를 관통했습니다. 악어는 쫙 하고 입을 연 채 커다란 몸을 빙그르르 한 바퀴 돌리더니 그대로 물속으로 가라앉았습니다.

토인 아이는 살았습니다.

꿈의 나라

아이는 겨우 강가로 헤엄쳐갔습니다. 나무 그늘에서 토인 여자가 뛰쳐나와 뭔가 기묘한 소리를 외치면서 아이를 안았습니다. 아이는 강가로 기어 올라가서 정신을 잃은 것처럼 쓰러져 있었습니다.

뗏목 위의 세 소년은 생각지도 않은 곳에서 묘한 토인을 마주쳤기 때문에 혹시 식인종은 아닌가, 하며 불길한 생각을 했습니다. 하지만 토인 여자가 기절한 아이를 보고 어찌할 줄 모르는 모습이 정말이지 너무 불쌍해서 그 토인의 얼굴을 한 여자인데도 어딘가 착해 보이기까지 했습니다. 설마 식인종의 아내라고는 생각되지 않았습니다. 어쨌든 소년들은 상의 끝에 상륙해서 아이를 돌봐주자는 결정을 내렸습니다.

열대 나무가 우거진 강가에 뗏목을 대고 상륙하자 토인 여자는 처음 보는 복장을 한 소년들을 보고 이상했는지 살짝 도망가려고 했습니다. 하지만 소중한 아이를 놔두고 도망갈 수도 없기에 멈춰 선 채로 머뭇거리고 있었습니다.

소년들은 상대방을 안심시키기 위해서 방긋방긋 웃었습니다. 힘없이 쓰러져 있는 아이를 안고서 각자 이것저것 간호를 해주었습니다.

　겨우 정신을 차리고 깜짝 놀란 얼굴로 주위를 두리번두리번 둘러
보는 아이를 안고서 '자, 당신의 아이를 받으세요.'라는 식으로 방긋
방긋 웃으며 여자 쪽으로 가까이 다가갔습니다. 그러자 여자는 갑자
기 땅에 엎드려 뭔가 알아들을 수 없는 말을 하면서 마치 신에게
절을 하듯이 소년들을 받들었습니다.

　소년들이 자기 자식을 구해준 생명의 은인이라는 사실은 무지한
토인 여자조차도 알 수 있는 것이었습니다. 게다가 죽었다고 생각했
던 아이를 되살려냈으니 소년들을 신처럼 생각한 것도 무리가 아닙
니다.

　여자는 서른 정도일까요. 허리춤에 천 같은 걸 두르고 있을 뿐
발가벗고 있었습니다. 그 피부는 해에 그을린 듯한 갈색이었습니다.
하지만 검둥이는 아닙니다. 얼굴 생김새도 피부색도 어딘가 일본인
을 닮은 구석이 있습니다.

　꼬불꼬불한 곱슬머리이기는 했지만 검고 풍성한 머리카락이 어
깨 위에서 하늘거렸습니다. 여자는 열심히 절을 했습니다. 절이라
고 해도 일본인이 하는 절과는 뭔가가 달라서 만일 이런 상황이 아
니었다면 자기도 모르게 웃음이 나올 법한 이상한 동작이었습니다.
그래도 소년들에게 마음을 다해 감사를 표하고 있다는 것은 잘 알
수 있었습니다.

　여자는 몇 번이나 절을 한 다음 성큼성큼 소년들 쪽으로 다가와
이치로 군이 겨드랑이에 안고 있던 아이를 받기 위해 양손을 내밀었
습니다.

　아이를 자기 양팔로 안고서는 다시 땅에 앉아서 뭔가를 말하면서

절을 되풀이했습니다. 그것이 끝나자 갑자기 쓱 일어서서 아이를
안은 채 숲 쪽으로 달려가기 시작했습니다.

소년들은 손짓으로라도 이 여자에게 여러 가지 물어보고 싶은 게
있었습니다만, 여자는 눈 깜짝할 사이에 나무 밑을 지나 순식간에
보이지 않게 되었습니다.

소년들은 의도치 않게 여자 뒤를 쫓아 강과 반대편인 숲속으로
걸어갔습니다. 20미터도 가지 않아 숲이 끝났고 세 명의 눈앞에는
'확' 하고 밝은 세계가 펼쳐졌습니다.

"어머!"

다모쓰 군이 놀라서 외쳤습니다. 그리고 셋은 그 자리에 그대로
멈춰서 버렸습니다.

그 정도로 눈앞의 경치는 특이했습니다. 꿈이라도 꾸고 있는 건
아닌가 의심이 갈 정도로 신기한 광경이었습니다.

그곳은 대략 500미터는 되어 보이는 공터였습니다. 하지만 그저
단순한 공터는 아니었습니다. 흙이 새하얗게 빛나고 있는 겁니다.
아니, 흙이 아니었습니다. 땅 전체가 조금 울퉁불퉁한 커다란 하얀
바위였습니다.

그 공터 주위에는 소년들이 서 있는 숲을 향해 세 방향으로 산이
둘러싸고 있습니다. 그것도 평범한 보통 산이 아니라 깎아내린 것
같은 바위산이 뾰족뾰족 무서운 모습으로 하늘을 향해서 솟아나 있
는 겁니다.

그 산에는 흙이 없는지 나무도 풀도 자라고 있지 않았습니다. 단
지 반짝이는 하얀 바위가 공터를 삥 둘러서 눈부시게 솟아 있었습니

다. 예를 들어 말하자면 거기는 하얀 도자기 컵 같은 모양입니다. 공터를 컵의 바닥이라고 하면 주위의 산들은 컵의 테두리에 해당합니다. 그 정도로 산이 높고 험했습니다.

그것만으로도 아주 특이한 경치였습니다만, 거기에는 더 놀라운 것이 있었습니다.

하얀 바위산 한쪽 산기슭에 커다란 계단처럼 된 곳이 있고 거기에 건물 기둥 같은 것이 몇십 개나 서 있는 겁니다. 지붕은 없습니다. 자연의 바위산을 그대로 파내서 바위기둥만을 남겨놓은 것입니다.

기둥과 기둥 사이는 검은 그림자가 드리워 잘 모르겠지만 그 속에는 바위를 파낸 넓은 방이 몇 개나 있는 것 같습니다. 즉, 자연의 바위산으로 만든 궁전이라고 할 만한, 깜짝 놀랄 정도로 공이 많이 든 건물입니다.

그 하얀 기둥이 나란히 서 있는 바로 앞에 건물 전체를 폭으로 한, 몇십 단인지 알 수 없는 돌계단이 지면까지 쭉 이어져 있습니다. 일본의 절이나 신사에도 꽤 높은 돌계단이 있지만 이렇게 폭이 넓은 돌계단은 어디에서도 본 적이 없습니다. 데쓰오 군은 언젠가 역사 사진집에서 본 고대 이집트의 어느 궁전 사진이 떠올랐습니다. 이것은 그 궁전만큼 크지는 않았지만 어딘지 모르게 닮은 곳이 있습니다. 이런 훌륭한 건물을 만들 수 있는 걸 보면 여기에 사는 토인은 고대 이집트인만큼은 지식이 진보해 있는지 모릅니다.

아까 전의 여자는 아이를 옆구리에 끼고 하얀 공터를 가로질러 궁전 같은 건물을 향해서 쏜살같이 달려가고 있습니다. 바람에 검은 머리가 휘날리는 뒷모습이 작게 보입니다.

눈으로 그 뒷모습을 따라가다 보면 깜짝 놀랍게도 여자가 달려가고 있는 저쪽 궁전의 돌 계간 앞에 십수 명의, 한 무더기의 남자 토인들이 빠른 걸음걸이로 이쪽을 향해 걸어오고 있는 것이 보입니다.

소년들은 왠지 모르게 불길했습니다. 불길하다기보다는 놀란 게 먼저였습니다. 그것은 토인 남자들의 복장 때문입니다. 보십시오. 토인들의 몸은 마치 불상처럼 반짝반짝 금색으로 빛나고 있었습니다.

멀어서 자세히는 모르겠지만 토인들은 모두 황금 투구 같은 걸 쓰고 황금색 갑옷을 입고 있는 것 같습니다.

'아, 그렇구나. 여기가 황금 나라일지도 몰라. 영국인이 말했던 그 황금 나라일지도 몰라.'

소년들은 동시에 마음속으로 이렇게 외쳤습니다.

아아, 그것은 꿈이나 환상이 아니었나 봅니다. 사경을 헤매는 영국인의 헛소리가 아니라 정말로 황금 나라가 있었나 봅니다.

황금 궁전

넋을 잃고 보고 있으니 아이를 데리고 있던 여자는 금색 사람들에게 다가가 뭔가를 서둘러 말하고 있습니다. 세 명의 이상한 소년들이 어디선가 나타나 악어를 쏴 죽였다는 것을 보고하고 있는 것이 분명합니다.

여자의 보고를 받은 토인 남자들은 잠시 뭔가를 논의하더니 얼마 안 있어 다 같이 서둘러 이쪽으로 다가왔습니다.

"아, 우리한테 오는 거야. 우리를 잡으려고 그러는 건 아닐까?"

다모쓰 군이 눈치 채고 걱정스럽게 속삭였습니다.

"그럴 리는 없어. 우리에게 해를 가하지는 않을 거야. 우리는 저 아이를 구해준 생명의 은인이잖아. 봐 봐. 모두 무서운 얼굴을 하고 있지 않잖아."

데쓰오 군이 가까이 온 토인들의 표정을 보고 말했습니다.

토인들은 모두 착한 얼굴을 하고 있었습니다. 선두에 서 있는 희고 긴 수염을 가슴까지 늘어트린 노인은 이 토인 중에서도 가장 훌륭한 사람인가 봅니다. 왠지 모르게 위엄 있는 표정으로 방긋방긋 미소를 띠고 있었습니다.

셋은 그 모습에 조금 안심했습니다만, 이치로 군은 그래도 혹시

몰라 총을 양손으로 쥐고 만약의 경우에 발사할 수 있도록 준비를
했습니다. 그리고 나서 가만히 토인들이 다가오는 걸 기다렸습니다.

점점 가까워지자 토인들의 복장도 정확히 보였습니다. 처음에 생
각했던 대로 그것은 역시 황금 투구와 황금 갑옷이었습니다.

투구는 일본은 물론이고 서양 어느 나라의 투구하고도 비슷하지
않은 이상한 모양이었습니다. 투구는 반짝반짝 빛나는 황금색 불꽃
모양을 하고 있습니다. 머리 위에서 활활 불이 타오르고 그 황금색
의 화염이 뒤쪽으로 바람에 나부끼는 것 같은 용맹한 모양으로 만들
어져 있습니다.

갑옷도 전부 금색으로 반짝이지만 제작된 양식이 다른 나라의 갑
옷하고는 전혀 비슷하지 않았습니다. 굳이 말하자면 국사에서 배운
일본의 하니와*와 어딘지 모르게 닮았습니다. 진무천황**을 모시던
우리 조상이 입었을 법한, 그 정도로 고풍스러운 갑옷이었습니다.

손발은 맨손, 맨발이고 가슴과 배, 허리 주위만 갑옷으로 가렸지
만, 맨발 끝에는 서양의 옛날 무사들이 신은 샌들이라는, 가죽으로
만든 짚신 같은 걸 신고 있었습니다. 그 샌들까지도 아주 얇고 부드
러운 황금으로 만들었습니다.

손에는 모두 긴 창을 들고 있지만, 그 창의 손잡이 부분에도 금이

....

* 하니와(埴輪)란 흙으로 빚어 만든 토기의 일종으로 갖가지 인물이나 동물·기물(器
物) 등을 만들어 거대한 봉토분 주변에 둘러놓은 것으로, 일본의 고분(古墳) 시대에
많이 제작되었다.
** 진무천황(神武天皇)이란 진무천황은 일본 개국 신화의 주인공으로서 현 천황 가문의
조상으로 여겨지는 제1대 천황이다.

둘러싸여 있습니다. 정말 모든 것이 황금으로 치장되어 있었습니다. 이 토지에는 어지간히 큰 금산이 있는 게 틀림없습니다.

이런 모습을 한 십여 명의 토인이 성큼성큼 큰 보폭으로 걸어오고 있는데, 다리를 움직일 때마다 갑옷의 옷자락이 스치는 것인지, 짤랑짤랑하는 아름다운 황금의 음색이 마치 음악처럼 들려옵니다. 풍경(風磬) 여러 개가 바람에 나부껴 울리는 것처럼 부드러우면서 시원한 음색입니다.

소년들은 점점 넋이 나간 듯이 꿈을 꾸고 있는 기분으로 멍하니 서 있었습니다. 그사이에 반짝반짝 빛나는 토인들이 눈앞으로 다가왔습니다.

선두에 선 백발의 노인이 방긋방긋 웃으면서 셋을 향해서 뭔가를 말했습니다. 물론 혼내는 듯한 목소리가 아니라 아주 정중한 말투입니다.

소년들은 서로 얼굴을 번갈아 가면서 쳐다보기만 하고 가만히 있었습니다. 상대방이 무슨 말을 하는지 전혀 모르겠으니까요.

노인은 말이 안 통한다는 걸 깨닫고 이번에는 손짓을 시작했습니다. 그것도 처음에는 무슨 의미인지 잘 몰랐습니다만, 이윽고 '우리와 함께 저쪽에 보이는 건물로 같이 가자.'라고 말하고 있다는 것을 깨달았습니다. 건물은 물론 그 궁정을 가리킵니다.

"우리를 저기로 데리고 가서 조사하려는 걸지도 몰라."

"응, 그런 거 같네. 하지만 인제 와서 도망칠 수도 없으니까, 어쨌든 가보자."

소년들은 그런 이야기를 한 다음에 노인을 향해서 함께 가도 좋다는 것을 손짓으로 알려주었습니다.

그러자 노인이 기쁜 듯이 끄덕여 보이더니, '자, 따라 오거라' 하는 식으로 앞장서서 걸어가기 시작했습니다. 소년들도 그 뒤를 따랐습니다. 십여 명의 토인들은 처음 보는 복장의 소년들을 신기한 듯이 뚫어지게 쳐다보면서 셋의 주위를 에워싸듯이 걸었습니다. 그렇게 걷고 있는 내내 아름다운 풍경 같은 소리가 끊임없이 셋의 귀를 즐겁게 해주었습니다.

이윽고 일행은 하얀 광장을 가로질러 높은 돌계단을 올라갔습니다. 드디어 돌로 만들어진 궁전으로 들어갔습니다. 상상한 대로 그 속에는 크고 작은 돌로 된 방이 즐비해 있었습니다. 그리고 그사이에 넓은 돌로 된 복도가 이어졌습니다.

일행은 건물 입구에서 황금 갑옷을 입은 초병으로 보이는 토인의 경례를 받고 긴 복도를 여러 번 돌아서 가장 안쪽에 있는 방에 들어갔습니다. 그 방에 들어가자마자 소년들은 다시금 '앗' 하고 놀란 소리를 내지 않을 수 없었습니다.

약 50평은 되어 보이는 넓은 거실이었습니다만, 그 천장서부터 바닥, 사방의 벽에 이르기까지 모두 반짝반짝 빛나는 황금으로 장식되어 있습니다. 천장 일부에 광선을 드리우는 구멍이 뚫려있어서 거기서 내비치는 빛이 벽이나 바닥의 황금에 반사돼서 눈이 부실 정도로 아름다웠습니다.

너무나 화려하고 눈 부셔서 소년들은 잠깐 그 방에 무엇이 있는지 잘 모를 정도였습니다. 하지만, 눈이 점차 익숙해지자 거기가 이 토인들의 수장, 즉 황금 나라 임금님의 방이라는 것을 알게 되었습니다.

　정면에 있는 한 단계 높은 곳에 황금 의자 같은 것이 놓여 있었습니다. 거기에 마흔 살 정도로 보이고 검은 수염을 기른, 훌륭하게 느껴지는 인물이 의젓하게 앉아있었습니다. 이 사람의 투구도 갑옷도 지금까지 본 것과는 달리 여러 가지 섬세한 조각을 한 장식이 전체를 둘러싸고 있어 뭐라 형용할 수 없을 정도로 아름다웠습니다. 이 사람이 황금 나라의 임금님입니다.

　임금님 좌우에는 황금 갑옷을 입은 토인 무사들 칠팔십 명 정도가 일렬로 줄 서서 신기하다는 듯이 소년들을 쳐다보고 있었습니다.

　노인과 그 부하 토인들은 임금님 앞에 엎드려서 뭔가 신에게 하듯이 절을 하고는 노인만이 일어서서 소년들을 가리키며 연신 뭐라고 이야기를 시작했습니다. 아마 자초지종을 보고하고 있는 것이 분명합니다.

　노인이 이야기를 마치자, 이번에는 아이의 어머니가 나와서 자세하게 사정을 설명하였습니다.

　보고를 들을 때마다 임금님은 놀란 표정을 지었습니다. 그리고 잠깐 신기한 듯이 세 소년을 쳐다보았습니다. 임금님은 처음으로 입을 열어 노인을 향해 뭔가를 명령했습니다.

　그러자, 노인은 소년들 앞에 와서 예의 손짓을 시작하였습니다. 노인이 같은 행동을 몇 번이나 반복하는 사이에 소년들도 그 뜻을 이해하기 시작했습니다.

　"너희들은 어디서 왔는가?"

라고 묻고 있는 겁니다. 하지만 의미를 알아도 말이 통하지 않기 때문에 어떻게 설명할 방법이 없었습니다. 셋은 망연자실해서 서로

얼굴만 쳐다보고 있었습니다. 조금 있다가 데쓰오 군이 셔츠 가슴
주머니에 수첩하고 연필이 있는 것을 생각해 냈습니다.

"아아, 좋은 생각이 났다. 내가 그림을 그려볼게. 그 영국인하고
얘기한 것처럼 해보면 될 거야."

수첩을 꺼내서 아이를 구해준 강과 그 건너편의 높은 바위산의
계곡에서 뗏목을 탄 세 소년이 흘려내려 오는 것을 그린 뒤 손짓을
하며 노인에게 보여줬습니다.

노인은 그림을 이해한 듯, 끄덕거리면서 수첩을 들고 임금님 앞으
로 나아가 수첩을 보여주면서 뭔가를 설명했습니다. 그러자 임금님
의 놀란 표정은 점점 더 짙어졌고 좌우에 서 있던 무사들도 깜짝
놀라 웅성거리기 시작했습니다.

소년들은 어째서 모두 이렇게 놀라는 걸까 하고 불안한 생각을
하는 사이에 갑자기 생각지도 못한 일이 벌어졌습니다. 임금님이
의자에서 일어나 성큼성큼 소년들 앞으로 다가온 것입니다. 그리고
소년들의 손을 잡고는 단상으로 데리고 올라가서 자기 의자 근처에
셋을 세우는 것이 아니겠습니까.

임금님은 주위를 둘러보더니 엄숙하게 뭐라고 말을 했습니다. 그
러자 거기에 있던 신하들은 한 명도 남김없이 모두 바닥에 무릎을
꿇은 채 세 소년을 향해서 예의 신에게 올리는 듯한 절을 했습니다.
한참 동안 머리를 올리는 사람이 없었습니다.

그 당시에는 귀신에게 홀린 것 같아 뭐가 뭔지 몰랐습니다만, 이
토인들의 언어를 이해하게 된 다음에 들은 바에 의하면 임금님을
비롯한 무사들에게 소년들이 이렇게나 놀라움을 주고 존경을 받은

것은 당연하였습니다.

첫 번째 이유는 이치로 군이 뭔가 막대기 같은 것의 끝에서 불과 연기를 뿜으면서 마치 마법처럼 악어를 쏴죽인 것입니다. 토인의 나라에는 총이라는 것이 없으므로 이런 마법을 사용하는 이치로 군들을 신처럼 훌륭한 사람이라고 생각한 것입니다.

또 다른 이유는 셋이 강 건너편의 계곡에서 왔다는 사실입니다.

이 나라에는 예로부터 계곡 너머로 건너간 사람이 한 명도 없었습니다. 계곡 너머에는 무시무시한 마신이 살고 있어서 거기에 다가가는 자는 저주를 받는다고 생각했습니다. 그 무시무시한 마의 계곡을 넘어온, 귀여운 얼굴을 한 세 명의 소년은 보통 사람으로 여겨지지 않을 수밖에 없었습니다. 토인들은 이 셋이 신의 사자(使者)가 분명하다고 믿었습니다.

그래서 그 위엄 있는 임금님마저 소년들을 마치 자신의 형제처럼 여기며 같은 단상으로 인도한 것입니다. 신하들의 마음은 말할 필요도 없습니다. 세 소년을 임금님과 마찬가지로 아니 어쩌면 임금님 이상으로까지 숭배하고 두려워했습니다.

여러분, 세 소년에게 지금이야말로 생각지도 못한 행복이 찾아왔습니다. 몇 번이나 목숨을 건 역경을 참고 견뎌낸 소년들의 지혜와 용기에 하느님도 감복하셨나 봅니다. 마지막에는 이 세상 그 어느 소년도 맛본 적이 없는 큰 행복을 선사해 주신 겁니다. 꿈이라고 생각했던 황금 나라를 찾았을 뿐 아니라 그 나라의 귀중한 손님이 되어 토인들이 우러러보며 숭배하는 존재가 된 것입니다.

만약 개선의 날이 오면

그 후 세 소년에게는 그저 기쁜 일, 즐거운 일만이 이어졌습니다. 황금 나라에서 소년들이 보낸 유쾌한 생활을 자세히 쓰면 그것만으로도 책 한 권을 만들 수 있을 정도입니다. 하지만 세 소년의 모험 이야기는 여기서 끝났기 때문에 이후의 얘기는 아주 간단히 기록해두는 것으로 하겠습니다.

황금 나라에서의 생활이 소년들한테 얼마나 자랑스럽고 즐거운 나날이었는지는 독자 여러분들의 풍부한 상상력으로 충분히 상상해주세요. 여러분이 아무리 멋있는 상상의 나래를 펼쳐도 그건 절대 과하지 않을 겁니다.

소년들은 그날부터 3일에 걸쳐 황금 나라의 여러 가지 것들을 구경하는 데 시간을 보냈습니다. 하얀 수염을 한 노인이 친절한 안내자가 되어서 여기저기를 구경시켜줬습니다.

우선 제일 먼저 돌 궁전을 구경했습니다. 그 궁전의 훌륭함은 야만인과 별반 다르지 않은, 이 나라에 사는 토인들의 손으로 정말 만든 것인지 의심이 갈 정도였습니다. 그중에서도 조각이 즐비해 있는 방 같은 경우는 그 화려함이 붓으로도 말로도 충분히 나타낼 수 없는 수준이었습니다.

거기에는 미술 전람회처럼 여러 가지 모양을 한 인간과 동물 조각상이 몇백 개나 죽 늘어서 있습니다. 그것들은 돌이나 나무 조각이 아니라 모두 다 황금으로 되어 있습니다. 교토(京都)의 산주산겐도*에는 깜짝 놀랄 만큼 많은 금색의 불상이 세워져 있는데 마치 그런 식인 겁니다. 게다가 산주산겐도와 달리 속까지 전부 진짜 황금으로 만들어져 있었습니다.

궁전 안을 다 보고 난 후 이번에는 밖에 나와 바위산 계곡에 사는 1만 명 가까이 있다는, 이 나라 인민들의 집들을 둘러보았습니다. 그들의 집은 모두 하얀 바위산을 파내서 만든 것입니다. 이 나라 사람들은 한 명도 빠짐없이 바위 속에 살고 있다고 해도 과언이 아닌 듯합니다.

또한, 어느 바위산 뒤에는 금을 정련하는 대규모의 공장이 있다는 것도 알게 되었습니다. 이 공장은 나라의 주변 산에서 캐낸 많은 양의 금광석을 아름다운 황금으로 정련하는 곳입니다.

아이를 구해주었던 호수와 닮아 있는 넓은 강은 하류에서 폭이 좁아져서 높은 바위산과 바위산 사이를 지나 머나먼 산맥 건너편으로 흘러갑니다. 그 하류의 아주 가까운 곳에는 넓은 토지가 있어서 거기서 많은 야채나 곡물을 얻을 수 있다는 것도 알았습니다.

----

* 산주산겐도(三十三間堂)는 1164년에 창건된 천태종(天台宗)의 사찰로서 본당 내부에는 가마쿠라(鎌倉) 시대에 만들어진 천수관음 좌상이 중앙에 모셔져 있고 그 양옆으로 500개씩 총 1,001개의 천수관음상이 안치되어 있다.

나중에 들은 바에 의하면 강 하류를 따라 한참 더 내려가면 산 너머에 식인종 부락이 있다고 합니다. 그 야만인들은 이 나라의 곡물과 황금을 뺏으러 때때로 침략해 오기 때문에 그것을 막기 위한 강한 부대가 필요한 상태였습니다. 임금님을 비롯한 무사들이 갑옷이나 투구를 항상 입고 있었던 것도, 무술 연마를 열심히 하여 침략을 막기 위한 이유에서 비롯된 것입니다.

나라 안 구경을 마치고 나서 셋은 궁전 속의 방 하나를 배정받았습니다. 거기에는 언제 준비해 놓았는지 다른 이들과 같은 황금 투구와 갑옷과, 샌들이 갖춰져 있었습니다. 셋은 그것을 입기로 했습니다. 그리고 황금 나라의 어엿한 일원이 된 것입니다.

그리고 이 나라의 말을 공부하기 시작했습니다. 황금 나라 대신이라는 지위가 높은 분의 따님이 매일 소년들의 방에 찾아와서 말을 가르쳐주었습니다. 신분이 높아서 그런지 정말로 토인의 딸인가 의심이 갈 정도로 아름답고 귀여운 아가씨였습니다. 가르치는 방법도 아주 훌륭해서 삼 개월이 지나자 이 나라 언어를 말할 수 있을 정도로 발전했습니다.

이렇게 말이 통하는 것을 기다리던 셋에게 드디어 중요한 역할을 맡기게 된 것입니다.

우선 셋 중에서 제일 힘도 세고 용기도 있는 이치로 군은 이 나라 군대 장관으로 임명되었습니다. 아직 어린데도 한 번에 한 나라의 사령관 같은 역할을 맡게 된 것입니다. 소년 장군입니다.

이치로 군은 기쁜 마음으로 그 역할을 받아들였고 어른 무사들에게 학교에서 배운 일본식 군사교련을 가르쳐주었습니다. 그 덕분에 원래 강했던 황금 나라의 군대가 점점 더 강해진 것은 말할 필요도 없습니다. 이젠 식인종 따위는 전혀 무섭지 않습니다.

데쓰오 군은 지혜가 뛰어난 것을 기대해서 무사나 그 외 인민을 교육하라는 명을 받았습니다. 한 번에 일국의 대학 총장이 된 것입니다.

궁전의 방 하나를 교실로 만들고 작은 선생님이 되어 잘난 척하면서 어른들을 가르치는 것입니다. 우선 무지한 토인들에게 세계 지리를 가르쳐야 했습니다. 데쓰오 군은 스스로 커다란 지구의를 만들고 그것을 교실의 돌 책상 위에 놓고 일본을 비롯한 세계 각국의 모습을 알고 있는 한 알려주고 가르쳤습니다. 그것을 들은 토인들의 놀라움이 어떠했는지는 여러분의 상상에 맡기겠습니다.

장난꾸러기 다모쓰 군은 그 쾌활한 말재주를 임금님께서 아주 마음에 들어 하셔서 항상 임금님 근처에 있으면서 말동무가 되거나 상담을 하는 중요한 역할을 맡았습니다. 소위 소년 비서실장입니다. 하지만 다모쓰 군은 그의 특기인 장난으로 임금님을 웃게 하는 걸 잘했고 어려운 정치 상담은 잘못했기 때문에 그럴 때는 항상 대학 총장인 데쓰오 군에게 달려가 지혜를 빌렸습니다.

아아, 황금 나라의 장군! 대학 총장! 비서실장! 아직 초등학생의 신분으로 이런 멋진 출세가 또 있을까요? 우라시마타로*가 용궁에

----

* 우라시마타로(浦島太郎)란 일본의 민화로 어부인 우라시마타로가 거북이를 구해주자 거북이가 그 답례로 거북이 등을 타고 용궁 나라에 가서 용궁에 있는 공주의 환대를 받고 돌아온다는 이야기이다.

갔을 때도 이보다 더 즐겁지는 않았을 겁니다.

하지만 그런 기쁘고 즐거운 나날에도 단 한 가지 슬픈 일이 있습니다. 그것은 일본에 계시는 아버지 어머니를 이제 평생 만나지 못할 거라는 것입니다. 모처럼의 행운을 알릴 방법도 없습니다.

그럼 세 소년은 기나긴 평생을 이 남양의 끝에 있는 아무도 모르는 신기한 나라에서 끝내야 할 운명인가요? 아니, 아니. 그럴 일은 없을 겁니다. 남양의 섬들은 지금 세계의 주목을 받고 있습니다. 이들 섬나라를 지나가는 배는 점점 많아지고 아직 알려지지 않은 야만 지방을 탐험하려는 시도가 앞으로 점점 늘어날 것입니다.

세 소년이 있는 섬에도 어느 나라의 탐험대가 찾아올지 모릅니다. 만약 소년들과 같은 길을 통해서 황금 나라에 오는 것이 어렵다고 한다면 아직 다른 한 길이 남아있습니다. 식인종 부락이 정복하고 있는 저 강을 거슬러 올라오는 길입니다.

앞으로 3년 혹은 5년 후가 될지는 모릅니다. 아마도 10년 이내에는 분명히 그런 탐험대가 황금 나라를 발견할 것입니다. 그리고 그 탐험대로부터 황금 나라의 신기한 주민과 그 나라의 고문으로서 토인들을 인도하고 있는 감탄할 만한 일본인 소년들에 대한 이야기가 전 세계 신문사에 알려졌을 때, 그 기사를 읽은 세계 각국에 있는 사람들의 놀라움은 얼마나 클까요? 아아, 그런 멋진 날이 하루라도 빨리 왔으면 좋겠습니다!

만약 그렇게 되면 황금 나라의 임금님은 분명히 세 소년의 나라, 일본을 방문하고 싶다고 말씀하실 겁니다. 그리고 황금 나라는 일본의 보호를 받아 일본의 동생이 되길 원할 겁니다.

아아, 그런 날은 언제 올까요.

여러분, 상상해 보십시오. 고향에 비단이 아니라, 말 그대로 황금을 가지고 돌아가는 금의환향*할 세 명의 일본 소년. 황금 옷을 입은 임금님을 모시고 자신들도 반짝반짝 빛나는 투구와 갑옷을 입고서 요코하마(橫浜)의 부두에 상륙했을 때의, 또는 도쿄에 도착했을 때의, 그 환영을 상상해 보세요. 정말로 일본이 발칵 뒤집혀 지겠지요. 아아, 이 얼마나 멋있는 광경일까요. 그 생각만 해도 너무나 기뻐서 벌써 가슴이 두근거리기 시작합니다.

----

* 금의환향(錦衣還鄉)이란, '비단옷을 입고 고향에 돌아온다'는 뜻으로, 출세하여 고향에 돌아온다는 뜻이다.

옮긴이의 말

　에도가와 란포(江戶川亂步 : 1894.10.21.~1965.7.28)는 국내에서도 전집이 번역 출판될 정도로 이름이 알려진 일본 추리소설계의 대부이다. 본명은 히라이 다로(平井太郞), 와세다대학(早稻田大學) 정치경제학과를 졸업한 후 무역회사원, 서점 운영, 음식점, 사립탐정소 등 여러 직업을 전전하다 1923년 『신청년(新靑年)』에 「이전짜리 동화(二錢銅貨)」라는 창작 추리소설을 발표하면서 화려하게 추리소설계에 데뷔했다. 그 후, 명탐정 아케치 고고로(明智小五郞)가 등장하는 「D언덕의 살인사건(D坂の殺人事件)」(1925), 「심리시험(心理試驗)」(1925)을 발표하여 일본식 본격 추리소설의 가능성을 보여줘서 많은 추리소설 작가들의 창작 의욕을 자극하여 일본 추리 문단을 견인해 갔다. 에도가와 란포는 본격적인 추리소설 이외에도 「인간의자(人間椅子)」(1925), 「오시에와 여행하는 남자(押繪と旅する男)」(1929) 등의 괴기스럽고 환상적인 미스터리물도 창작했으며 소년 탐정단(少年探偵団) 시리즈나 괴인 이십면상(怪人二十面相) 시리즈 등 어린 독자를 위한 추리소설도 다수 발표했었다. 그 외 서양 추리소설의 번역과 추리소설 평론『환영성(幻影城)』 등도 남겼다. 전후에는 추리소설 창작보다는 평론가, 추리소설 전문 잡지 『보석(宝石)』의 간행과 편집인으로서 추리소설계의 부흥에 힘 써왔고 1947년 일본탐정작가클럽(현 일본추리작가협회)

을 창립하여 사재 100만 엔을 들여 에도가와란포상을 제정하는 등, 신인 발굴과 추리소설 문단의 부흥에 진력하였다.

이렇듯 에도가와 란포는 다이쇼(大正) 시대와 쇼와(昭和) 시대를 대표하는 일본 추리소설 작가라 할 수 있는데 이러한 에도가와 란포도 한때 추리소설을 발표할 수 없었던 시기가 있었다. 이 책에서 번역한 『신보물섬(新宝島)』이 바로 란포가 추리소설을 발표할 수 없을 때 집필된 작품이다.

란포의 수많은 탐정소설은 1937년 일본이 중국과 본격적으로 전쟁에 돌입한 후 정부의 강화된 검열 때문에 부분 삭제 혹은 복자(伏字)의 형태로 출판되는 일이 많았다. 그러다 1939년 3월 경시청 검열과는 사지가 절단된 상이병의 비참한 말로와 엽기적인 성도착증을 소재로 한 란포의 「애벌레(芋虫)」(1929)를 그의 단편집에서 전문 삭제하도록 하였다. 좌파계열 이외의 소설에서 이러한 게재금지는 매우 드물었고* 추리소설이라는 장르에 대한 전시 체제하에서의 감시와 억압이 노정되는 사건이었다. 란포의 작품 중 발매금지가 된 것은 「애벌레」한 작품이었으나 일본이 패전하기까지 란포는 자유롭게 추리소설을 발표할 수 없는 상황이었다. 란포 본인도 "시국 때문에 문필 생활이 거의 불가능해졌기 때문에 잠시 휴양하기로 했다."**라고 본인이 작성한 연표에서 밝혔다. 이처럼 당국의 감시를 받게 된

---

* 山前讓, 「解説 : どんな時でも謎解きの楽しさを忘れずに」, 『江戸川乱歩全集 第14巻 新宝島』(光文社, 2004) 571쪽.
** 江戸川乱歩, 「序」, 『貼雑年譜』(講談社, 1989). 인용은 山前讓 앞의 글, 575쪽.

상황에서 자연히 작품 발표의 기회가 줄어든 란포는 본의 아니게 휴필 기간에 들어갔고 이 기간에 소위 국책소설을 발표하게 된다.

란포는 「애벌레」 발매금지 명을 받은 이듬해 1940년 4월부터 1941년 3월까지 초중등생을 위한 어린이 월간지 『소년구락부(少年俱樂部)』에 모험소설 「신보물섬」을 연재하게 된다. 단행본 『신보물섬』은 1942년 7월 다이겐샤(大元社)에서 출판되었다. 1939년에 4편의 장편 추리소설을 발표했던 란포는 1940년에는 「신보물섬」 한 작품만을 연재하였고 패전까지 발표한 작품들은 당국의 검열을 의식한 국책적인 소설이거나 아니면 시국과 전혀 무관한 어린 독자들을 대상으로 한 「지혜의 이치타로(知惠の一太郞)」(『소년구락부』 1942.1~1943.1) 등과 같은 소년물(少年物)들이 대부분이었다.

「신보물섬」의 줄거리는 도쿄(東京)에 사는 초등학교 6학년생 세 명이 여름방학 때 남쪽 항구 도시 나가사키(長崎)에 놀러 갔다가 중국 해적선에 납치되는데 인도네시아 메나드 항구 부근에서 가까스로 탈출하였지만, 해류에 떠밀려 표류하다 남태평양의 어느 섬에 표착한다. 그 섬에서 소년들은 지혜와 용기를 갖고 여러 난관을 극복해 가다 병에 걸려 죽어가는 영국인으로부터 이 섬에 황금으로 만들어진 나라가 있다는 이야기를 듣고 새로운 모험을 떠나게 된다. 불기둥이 솟아오르는 지하 동굴을 간신히 빠져나가 그 황금 나라에 도착한 소년들은 가지고 있던 엽총으로 황금 나라 원주민의 아이를 악어로부터 구해준다. 아직 총이라는 무기를 모르는 그 황금 나라의 임금과 주민들은 이 세 소년을 신처럼 숭배하고 귀히 접대했으며 셋은 열심히 그 나라 말을 배워 군부의 장군, 대학 총장, 임금의 비

서실장으로 임명된다. 결국, 본국으로 돌아가지는 못했지만, 지금
전 세계 사람들이 '남양'을 주시하고 있기에 언젠가 탐험대가 이 섬
을 지나갈지도 모르고 그때 금의환향할 거라는 기대를 안고 이야기
는 마친다.

『신보물섬』은 제목으로 봐서는 로버트 루이스 스티븐슨(Robert
Louis Stevenson : 1850.11.13.~1894.12.3.)의 고전적인 아동소설 『보물섬
(Treasure Island)』(1883)을 연상시키지만, 이야기 속에서는 대니얼 디
포(Daniel Defoe : 1660.~1731.4.24.)의 무인도 생존기 『로빈슨 크루소
(Robinson Crusoe)』(1719)가 곳곳에서 언급되어 일본 초등학생 버전의
로빈슨 크루소라고 할 수 있겠다. 원작 『로빈슨 크루소』가 서양의
오리엔탈리즘과 제국주의적 시선이 현재화된 소설이었듯 남태평양
의 황금 나라를 찾아가 엽총으로 재앙(악어)을 물리친 일본인 소년들
이 무기와 지리, 과학, 군사 훈련(교련) 등의 근대 지를 통해서 황금
나라의 원주민들을 다스리게 된다는 『신보물섬』의 구조도 오리엔
탈리즘과 제국주의적 시선에서 자유롭지 못하다.

무엇보다 어린 소년들의 모험소설이 란포의 국책소설로 분류`되
는 이유는 작품의 배경이 '남양의 어느 섬'이기 때문이다. 작가가
서문에서 언급하고 있듯이 이 모험소설의 배경을 '남양의 어느 섬'으
로 정한 이유는 당시의 일본 정부가 무력 남진론을 국책`으로 채택
하여 남양의 식민지화와 관련된 다양한 서적 및 읽을거리들이 양산

---

* 위의 책, 576쪽.
** 矢野暢, 『「南進」の系譜』(中央公論, 1997), 146~147쪽.

되었던 시기에 집필되었기 때문이다. 일본의 '남진론'은 소설이 집필
된 1940년 이전부터 있었고 30년대의 대중적인 '남양'의 이미지는
시마다 게이조(島田啓三)의 만화와 글이 섞인 그림 이야기 「모험 단키
치(冒険ダン吉)」(『소년구락부』 1933.6.~1939.7.)로 대표된다. 야노 도오루
(矢野暢)는 30년대 일본이 '남양'에 대해서 가진 "야만 지역이면서
동시에 대량의 귀중한 자원이 개발되지 않은 채 묻혀있어서 일본의
개발기술과 결합하기를 기다리고 있는 지역"[*]이라는 이미지를 그대
로 표상한 것이 「모험 단키치」이며 이러한 일본인들의 남태평양 혹
은 동남아시아 지역에 대해서 품고 있던 오리엔탈리즘을 '「모험 단
키치」 신드롬'이라고 명명하였다. 『신보물섬』에서도 이러한 '「모험
단키치」 신드롬'을 확인할 수 있지만, 한편으로는 1935년 남양협회
남양군도지부에서 간행한 『일본의 남양군도(日本の南洋群島)』 보고서
에서 현저하게 나타난 '대일본제국의 일부로서의 남양' 이미지[**] ─
일본제국의 신민으로서의 원주민 표상이나 고대 일본과 남태평양
제 민족과의 유대성을 강조한 언설의 유행 ─ 또한 이 소설에서는
확인할 수 있다.

　이렇듯 『신보물섬』은 일본 추리 문단을 대표하는 작가 에도가와
란포가 군부의 검열과 감시하에 자유로운 창작 활동이 불가능한 상
황에서 당시의 일본 열도를 휩쓸었던 '남양'을 소재로 선택함으로써
발표가 가능했던 소설이다. 란포 본인이 작품 서문에서 당시의 이러

----

[*]　위의 책, 195쪽.
[**]　千住一, 「ミクロネシアおよび南洋群島表象の歴史的変遷」, 『島 嶼 研 究』(2002.3.), 60쪽.

한 사회적 분위기를 밝히면서 "하지만 이 이야기의 주안은 오히려 이야기 전반부 세 소년이 해양과 무인도에서 펼치는 모험 생활에 있다."라고 강조하였듯이 이 소설에는 당시의 '남양' 표상 너머로 어떠한 역경 — 작품에서 세 소년이 경험하는 비현실적인 역경뿐 아니라 전쟁 시국이라는 1940년대 당시 일본의 어린이들이 직면했던 폐쇄적인 상황 — 에서도 아이들이 희망을 잃지 않고 극복해 나가길 바라는 작가의 메시지 또한 독자들이 놓쳐서는 안 될 것이다.

마지막으로 〈일본 동남아시아 학술총서〉를 기획하고 번역의 기회를 제공해 주신 고려대학교 글로벌일본연구원의 전 원장님이신 정병호 학장님과 인내와 수고를 아끼지 않고 마지막까지 편집을 수고해주신 보고사 이소희 선생님께도 감사의 말씀을 전한다.

2021년 4월
유재진

저자 **에도가와 란포** 江戸川乱歩, 1894~1965

본명은 히라이 타로(平井太郎). 와세다대학 정경학부 졸업. 일본의 추리소설
장르를 개척한 작가. 1923년 잡지 『신청년(新青年)』에 「이전짜리 동전(二銭
銅貨)」을 발표하고 추리소설 작가로 데뷔. 1947년 탐정작가클럽(일본추리작
가협회)의 초대 회장. 1954년 에도가와란포상을 제정, 1957년에는 추리소설
전문 잡지 『보석(宝石)』의 편집을 통해 많은 신인작가를 발굴하고 육성하였
다. 일본 추리소설 문단의 형성과 발전에 많은 기여를 하였다.

역자 **유재진**

고려대학교 일어일문학과 교수. 일본근현대문학 전공. 호리 다쓰오(堀辰雄)
의 서양 모더니즘 수용에 관한 연구로 일본 쓰쿠바대학에서 박사학위를 받
고 이후 한국에서는 일본대중소설, 특히 식민지기 한반도의 일본어 탐정소
설에 관한 연구를 수행하였다.

주요 저서로 〈일제강점 초기 한반도 간행 일본어 민간신문의 문예물 연구〉
전 8권(공저, 2020), 『〈異郷〉としての日本ー東アジアの留学生がみた近代』
(공편저, 2017), 『동아시아의 대중화 사회와 일본어문학』(공저, 2016) 등이
있으며, 역서로는 『탐정소설 누구』(역락, 2021), 『라이트노벨 속의 현대일
본:팝 『개정/외톨이/노스텔지어』(공역, 2017), 『미스터리의 사회학ー근대
적 '기분전환'의 조건』(공역, 2015) 등이 있다.

일본 동남아시아 학술총서 4

신보물섬

2021년 4월 30일 초판 1쇄 펴냄

저 자 에도가와 란포
역 자 유재진
발행자 김흥국
발행처 도서출판 보고사

책임편집 이소희
표지디자인 손정자

등록 1990년 12월 13일 제6-0429호
주소 경기도 파주시 회동길 337-15 보고사
전화 031-955-9797(대표), 02-922-5120~1(편집), 02-922-2246(영업)
팩스 02-922-6990
메일 kanapub3@naver.com / bogosabooks@naver.com
http://www.bogosabooks.co.kr

ISBN 979-11-6587-175-8 94830
      979-11-6587-169-7 (세트)
ⓒ 유재진, 2021

정가 13,000원